東京をんな語り

川奈まり子

角川ホラー文庫
22567

目次

第一章　さまよう女

【青山橋】

最後まで残照を抱いていたひとひらの雲が夜に呑まれると、にわかに土の匂いが霊園にみなぎった。兜巾を戴いた古めかしい墓石や鳥居、ところどころにある狛犬を目で拾いながら、私は石畳の小径を辿っていた。

——昨年の十月初旬のことで、西麻布から青山霊園の南側を斜めに突っ切って帰宅する途中だった。

酔い覚ましの散歩がてらにちょうどいいと思ったのだが、薄暮のうちに通り抜けるつもりが当てが外れた。昼飲みにつきあってくれた友人と交差点で別れたときは黄昏だったのに、みるみる暗くなってしまった。

霊園の杜は、奥へ行くほど闇が濃密になった。街灯に照らされた中央道路に引き返すのも面倒で、ひたすら道を急いでいると、突然、奥津城の陰から、ひとむれの白い彼岸花が幽霊のように現れた。

思わず慄いて立ち止まる。と、折しもそこへ風が吹いて、ふぅらりふらりと意味ありげに花冠が揺れたので、焦って駆け出さずにはいられなくなった。

着物の裾がはだけるのもお構いなしに走りに走ると、ほどなく出口の階段が見えてきた。

ここを上れば青山橋のたもとに抜けられる。橋の向こうの住まいまで、あと一歩だ。

私が暮らすマンションは、橋の向かい側に広がる住宅街の端にある。

家々と青山霊園とは共に高台に位置しており、二つの台地に挟まれた深さ三十数メートルの谷底に、かつては川が流れていたという。笄川といったそうだ。今は暗渠になっている。幻の川に架かるこの陸橋は大きなもので、長さは百メートルを優に超える。橋の上は赤坂方面へ向かう二車線道路でもあり、霊園の先に乃木坂トンネルという隧道が黒々と口を開けている。

階段の上でひと息ついて橋を渡りはじめたところ、すぐに少年と擦れ違った。
十一、二歳だと思われる。体つきが若木のように細い。きれいな顔を悲しげに曇らせている。私を注視して何事か言いたそうにしたので気になったが、話しかけずに行き過ぎた。
それから少しして、再び向こうから小柄な人影が接近してくることに気がついた。

他に通行する者はなく、橋の上に立っている者は私を入れて二人きりだ。

次第に近づく……と、それがさっきの子と瓜二つなことがわかった。

そんなはずはないと思って後ろを振り返ったら、誰もおらず、霊園の杜まで虚(うつ)ろな道が続いていた。

恐々と前に向き直って、少年と対峙(たいじ)した。

やはり同じ子だと思えて仕方がない。

今にも何か問いかけてきそうな眼差(まなざ)しで見つめながらこちらへ来る。

その目もとにも口もとにも、薄いガラスのような透明な悲愴(ひそう)感が溢(あふ)れていた。

今はアメリカに留学しているが、私には十六歳の独り息子がいる。ちょうどこの子と同じ年頃のときに渡米した。そのせいだろうか、なぜか庇護(ひご)者の習性が働いて、目の前の子どもに憐(あわ)れを催しそうになった。

声を掛けなかったのは、頭の奥で、墓地に咲いていた白い彼岸花がなぜか明滅したせいだ。

結局、私は目を伏せて横を通り過ぎた。少年も無言で、立ち止まることもなかった。

数歩先に街灯があった。私はそこまで早足で進み、明るい光の下で背後を確かめた。

すぐに後悔することになった。

うっすら予感はしていたが、少年は姿を消していた。

道は隧道まで直線で、隅々まで見通せた。しかし、どんなに目を凝らしても、どこにも人の気配すら感じられなかったのだ。

あまりのことに、そこからは無我夢中で橋を駆け抜けた。
すると、橋を渡り切ると同時に、車のヘッドライトが視界に飛び込んできた。行燈（あんどん）を光らせたタクシーだった。

私がいるのとは反対側の車線を軽快に走り去る——それが合図だったかのように、犬を散歩させている人や、自転車を走らせる人、勤め帰りらしいビジネススーツを着た人が、忽然（こつぜん）と景色に現れた。

宵の口だもの、町が眠るには早い。これが日常の風景というものだった。

そういえば、墓地に足を踏み入れてから人を目にしていなかった。

夜の青山霊園を歩く変わり者は私だけかもしれないが、青山橋は都道である。歩行者はともかく、車一台、見かけなかったのは尋常なことではないだろう。

おかしな点は他にもあった。

まず、あれだけ互いに注目しながら二度も擦れ違ったというのに、私はあの少年の服装や髪型を欠片（かけら）も憶（おぼ）えていなかった。いざとなると細部の記憶に霞（かすみ）がかかり、漠然とした印象しか再生できなかったのだ。

二度と再び、あの白い彼岸花を見つけられなかったのも、奇妙なことだった。

明くる朝、いつものウォーキングで青山霊園を訪れた際に、しらみつぶしに捜してみたのである。ところが、前の晩に通ったところだけではなく、意地になって霊園の北側の方までしつこく調べてみたのに、結局、徒労に終わってしまったのだった。

白い彼岸花は東京では自生しない。わざわざ球根を購入して植えたはずだが、一夜のうちに引き抜かれてしまったのだろうか。

それとも幻だったのか。

白い彼岸花の花言葉を調べてみたら、二つあって、いずれも思わせぶりなものだ。

「また会う日を楽しみに」

「想うのはあなたひとり」

――私と関係があって、あの年頃で亡くなった少年といえば、ユキちゃんだ。

ユキちゃんは歳の離れた父方の従弟(いとこ)だが、十二歳で儚(はかな)い生涯を閉じた。およそ三十年前のことだ。

私の家族とユキちゃんには、普通の親戚(しんせき)づきあいを超えたひとかたならぬ深い縁があった。なにしろ、一時は家族同然に一緒に暮らしていたのだから。

ユキちゃんの母――父の妹で、私にとっては叔母(おば)にあたるキヨミさんは、結婚後、心に変調を来して精神科に通院していた。一時は症状が寛解して、第一子の長女を産んでから三、四年の間は元気に暮らせていたのだが、二人目の子、ユキちゃんをお腹に授かると病状が悪化して、手首を切って自殺未遂したために措置入院してしまった。さらに出産後も自傷や徘徊などの奇行が止まらず、何より困ったことには、赤ん坊の世話を拒否した。

一九七九年頃のことで、当時、父方の祖父母は、以前、住んでいた世田谷区のアパートを引き払い、父が建てた八王子市の家で私たちと同居していた。

つまり、キヨミさんにとっては、実家が世田谷から八王子に移動したわけだった。

そしてキヨミさんの夫である叔父は寺の御院主、つまり住職で、寺の勤めを果たしながら、上の子の面倒をみるのと、産後も引き続き精神科に入院することになった妻を見舞うのとで精一杯、同じ寺に住んでいた叔父の両親も二人とも高齢で病気がちだった。

だから我が家で赤ん坊を預かることになったのは自然な流れだった。

叔父から頼まれる前に、両親と祖父母が共同で提案したように記憶している。

当時私は十二歳で、自分で言うのも何だがしっかりしていたし、三つ下の妹も手が掛からない子どもで、母は世話好きな人だった。祖母は家で和裁士の仕事をしていたが、手隙のときに赤ん坊の面倒をみると言い、祖父も父も手伝いを名乗り出た。

赤ん坊が来た日を憶えている。

家の前の山に山桜が咲いた時分で、暖かな陽射しが降り注ぐ窓辺のソファセットに私たちは集っていた。真ん中に座った叔父が大事そうにおくるみを解くと、辺りに優しい光が満ちたかのように感じた。

ユキちゃんは真珠色の瞼を閉じてすやすや寝息を立てていた。世にも稀な桃のような可愛らしさに、私たちは全員たちまち魅了されてしまった。

ユキちゃんの長所は器量だけではなかった。大人しくてよく眠るので、「この子は手が掛からない」と母はしょっちゅう感心していたものだ。

「あんたたち（私と妹）のときより百倍も楽だわ。本当に良い子！」

実際、ユキちゃんの世話は少しも苦にならなかった。妹と私は、競い合うように哺乳瓶でミルクを飲ませたり、おしめを替えたりした。主になって世話をしたわけではないから無責任なもので、ままごと遊びの感覚だったと思う。

しかし、そのうち本物の情が移った。ユキちゃんが片言で喋りはじめる頃には弟のように感じだした。

二年近く幸せな日々が続いたが、やがて叔父がユキちゃんを迎えに来た。

キヨミさんが退院したのだ。ユキちゃんが二歳になる直前のことで、家族でバースデーパーティーを開く計画を立てていたのだが、出来なくなってしまった。

ユキちゃんとの別れ際に母は大泣きし、叔父が運転する車でユキちゃんが去ったのちに、またひとしきり涙していた。首が据わらないうちから育ててきたので、我が子のように感じていたのだと思う。

　もっとも、その後もキヨミさんが入退院を繰り返したために、ユキちゃんは、それから後も度々、うちにやってきて、長いときでは数週間も滞在するようになったのだが……。

　当然、初めは母だけでなく、みんな、ユキちゃんがまた帰ってきたことを喜んだ。

　だが、深く考えてみるまでもなく、これは少しも喜ばしい状況ではなかった。

　叔父の家族を見れば明らかなことだった——時折、叔父が長女を連れてくることがあったが、だんだんと従妹(いとこ)は子どもらしい無邪気な笑顔を失っていき、叔父は急速にやつれて老け込んだ。片言で喋りはじめていたユキちゃんは、極端に無口な子になってしまった。

　度重なる入院の甲斐(かい)なく、キヨミさんの病状は悪化の一途を辿(たど)っていたのだ。

　どの治療法も効かないために、医師の診断が二転三転し、数年の間で何度か病名が変わった。

　そんな状態が一年、二年と続くうち、漠然とした不安が水のように満ちてきた。

　ユキちゃんが四歳になった頃、それはとうとう縁から溢れて日常を侵しはじめた。

　キヨミさんの脱走癖とでもいうようなものが、強烈にぶりかえしてしまったのだ。

　彼女はユキちゃんを妊娠していたときにも、入院中の病院を勝手に抜け出して、自宅や私の家へ押しかけたことがあった。

これが再発した。しかも今度は、前にはなかった暴力を伴って。

初めに襲われたのは叔父の寺院兼自宅だった。

小さな寺で、職員は一人か二人しか置いておらず、叔父とその両親、そして従妹とユキちゃんが、脱走してきたキヨミさんの暴行を受けることになった。

初めのうち、叔父は、私たちに対しては隠し通すつもりだったようだ。

しかし間もなく、叔父の母から「孫たちが虐められて毎日泣いています。檀家さんたちにも知られてしまいました。こんな嫁とは縁を切りたい」と綴られた手紙が祖父母へ送られてきた。

私も事情を知るところとなり、すると、以前、キヨミさんがうちに現れたときの記憶が自ずと蘇ってしまった。

私が十一歳のときだ。ある晩突然、病院にいるはずのキヨミさんが、うちに押しかけてきた。長襦袢にコートを引っ掛けたような滅茶苦茶な格好で、大きなお腹を抱えて予告もなしに現れたかと思ったら、「うちの娘と主人を返して」と母に詰め寄ったのだった。

従妹と叔父は自分の家にいたのに、誰が何と説明しても聞く耳を持たず、子ども部屋にまで侵入してきて、私と妹を震えあがらせた。

本来のキヨミさんは、暴力のイメージからは遠い、可憐な外見の人だった。結婚前の彼女は教養豊かな常識人で、大手企業に勤務した経験もあって社会性にも欠けるところはなかったのだ。

だからこそ、この衝撃は凄まじかった。

再びああいうことが起きるかもしれないと覚悟せざるをえなかった。

そしてほどなく、その日が来た。

黄昏時、つむじ風のようにキヨミさんが現れた。門から玄関へ向かわず、庭を横切って、祖母が和裁の作業室にしていた八畳間の掃き出し窓を乱暴に叩き、着物を縫っていた祖母が「急にどうしたの？」と驚きながら窓を開けるや、無言で沓脱石に飛び乗って思い切り拳を振るった。

祖母の悲鳴が聞こえたとき、私たちは一階の居間や食堂で思い思いに過ごしていた。母は、当時四歳のユキちゃんと私と妹を「隠れてなさい」と二階へ追い上げた後、祖母のもとへ駆けつけたようだ。

私たち三人は、階下から聞こえる叫び声や怒号を聞いていることしか出来なかった。

祖父か母が電話で知らせたようで、二時間ぐらいして叔父が車で駆けつけた。前後して父も帰宅し、叔父と二人がかりでキヨミさんをなだめすかして車に乗せると、叔父たちと一緒にどこかへ行ってしまった。

私は、キヨミさんが強引に車に押し込まれるようすを、子ども部屋の窓から眺めていた。

キヨミさんは抵抗していた。山麓の静かな住宅街に怪鳥の叫びじみた女の叫び声が響き渡り、世間を知りつつあった十六歳の私は首をすくめた。

無事に車が走り去ると、安堵のあまり腰が抜けそうになった。

残された被害は甚大だった。割れた絵皿や散乱した本、倒れた椅子、引き裂かれたカーテン……。八畳間の方からは低く呻くような泣き声が聞こえていた。祖母の声だとわかったが、絶望の気配が深すぎて、声をかけることが躊躇された。

祖父と母は黙々と部屋を片付けていた。私も目を伏せて手伝いに加わった。

片付けの後、まだ帰ってこない父と部屋から出てこない祖母を除く五人で、遅い夕食を囲んだ。お互いにほとんど口をきかずに早々に食事を切り上げて、そそくさと床に入った。

澱んだ沈黙が、翌日まで家を支配した。キヨミさんに殴られた祖母は顔を腫らして寝込んでしまい、祖父は碁会所へ逃げていった。

父は明くる朝に帰ってきて、「キヨミは、また入院措置になったよ」と母に告げた。

「じゃあ、しばらく安心ね」

「個室に入れられていたのに、看護婦の隙を突いて離院してしまったそうだから、どうかな」

両親の会話を盗み聴きしながら、不安が胸から去らないことに私は苛立った。

――それから、こんなことが二度も三度も、少しずつ形を変えて起きた。

あるときは祖母ではなく祖父が殴られ、またあるときは父とキヨミさんが摑み合いの喧嘩をした。

あの頃、いつか誰かがキヨミさんに殺されるんじゃないかと思っていたのは、私だけではないだろう。

そしてとうとう、ユキちゃんが五歳のときに、恐れていたことが起きかけた。

その日、ユキちゃんは叔父の寺院兼自宅にいた。キヨミさんが現れたのは昼間のことで、叔父は法事で留守にしていて、従妹は小学校からまだ帰っていなかった。祖父母は別棟にいて、キヨミさんが来たことに気づかなかった。

寺の男性職員が母屋で電話番をしていたのは幸いだった。女の怒鳴り声と子どもの悲鳴に驚いて駆けつけると、キヨミさんが包丁を振りかざして、逃げ惑うユキちゃんを追い回している最中だったそうだ。

彼が取り押さえたとき、キヨミさんは「子どもを殺して私も死ぬ」と叫んでいたという。警察に通報されて、緊急入院措置がなされた。緊急入院措置は、対象を強制的に病院の一時管理下に置く入院措置よりも厳重な措置で、自他を傷つける行為に及んだ場合などに限られる。

ユキちゃんは血を流していたため救急車で病院に搬送されたが、怪我は軽く、精神的なショックの方が心配された。

この事件がきっかけで、叔父は男手ひとつで子どもたちを育てる決心をし、キヨミさんと離婚した。

それと同時に、ユキちゃんと私たち家族の法的な縁戚関係が途切れた。会う機会も失われてしまった。しかし、ずっと後になって、家族の中で母だけは、ユキちゃんと再会していたことを知った。

母から国際電話が掛かってきて、ユキちゃんが死んだと知らされたとき、私はロンドンにいた。

二十一歳で最初の結婚をすると同時に渡米し、ニューヨークに数ヶ月滞在した後、前夫と共に、北半球を一周する長い旅行をしていたのだ。私は二十四歳になっていた。

ユキちゃんは白血病に罹って、入院からたった一ヶ月で逝ってしまったとのことだった。

「あなたには話したことがなかったけど、例の事件から三年ぐらいして、ちょうどあなたが家を離れた頃に、ユキちゃんたちから急に年賀状が送られてきたの。それから連絡を取り合いだして……。私は、会いに行ったこともあるのよ。二人とも性格が明るくなって……本当に良い子で、なのにユキちゃんが……」

「かわいそうに……。そうだ、キヨミさんは最近どうしてるの？」

「ずっと入院してるわよッ」と母は吐き捨てた。

「キヨミさんは、なぁんにも知らないの。ユキちゃんが『お母さんをお見舞いに来させないでね。お母さんには絶対に会いたくない』って言うから、みんなで内緒にしようって決めていたのよ。だから白血病になったことも知らせてない」

「でも実の母親なんだし、亡くなったのを伏せておくわけにはいかないでしょう？」

「だけどユキちゃんは『どうしても、あのときのことが忘れられない』って話してたのよ？『僕には普通の子ども時代がなかった』って、最期までキヨミさんのことを恨んでた！　だから、あちらの家ではユキちゃんの意思を尊重すると言って、明日のお葬式にも呼ばないそうなの。お寺だから、外聞を気にするところもあるのかもしれないわね。キヨミさんのことで檀家さんが減っていたのが、近頃だいぶ盛り返したと仰っていたから」

「じゃあ仕方ないね」と私は応え、ふと、祖父母が健在だったら、ユキちゃんの死をキヨミさんに知らせたがるのではないかと考えた。

　祖母は、私が結婚する前に癌で亡くなった。祖父は心臓を悪くして歩けなくなり、認知症も始まったことから、特別養護老人ホームに入居していた。

母は、電話の向こうで大きな溜め息を吐いた。

「ちょっとモヤモヤするだろうけど、ユキちゃんのお父さんにお任せするのがいちばんいいわよね？　パパはあちらの方針に従うと言っているから、私も……でも……考えてみればキヨミさんも、本当にお気の毒……」

ユキちゃんの死がキヨミさんに知らされたのは、それから十年後のことだった。

どうやら、ユキちゃんの父は、元妻が来た場合に備えて、事前に娘と寺の安全を確保したかったようだ。

彼は従妹が結婚して家を出ると、還俗して寺を引き払った。しかる後に、ユキちゃんが十年も前に病死している旨などを手紙に書いて、病院にいる元妻に宛てて送ったのだという。

私がキヨミさんなら、死ぬほど衝撃を受けただろう。

十年遅れの訃報が届いた後、父が面会に行くと、キヨミさんは、水を掛けた熾火のように生気を失い、虚ろな顔で横たわっているばかりだったそうだ。

あまりにも気の毒で、父は何か謝罪の言葉を口にしたという。

すると、か細い声で「お香典を送りたいので、手伝ってもらえますか」と頼まれた……と、私は母から聞かされた。

——私は、この叔母と早逝した従弟のことが、今に至るまで、片時も忘れられずにいる。

キヨミさんの悲劇を他人事だと思えたら、どんなにいいか。

何人もの大人たちが彼女に手を差し伸べて、なんとかして引き上げようとするようすを、私は無力な子どもの立場で観察していた。

キヨミさんに傾けられたみんなの努力がことごとく打ち砕かれ、娘であり妹であり妻であり母である人を、家族全員が怪物の如く恐れはじめて、その過程でキヨミさんと私たちの間で殺意がやり取りされたことを、なすすべもなく見つめていた。

キヨミさんもよく私たちに向かって「死ね」と怒鳴っていたが、私の愛する肉親も、また、ときには私自身も、「死ねばいいのに」という呪詛を吐いていた。殺さなければ殺されかねない危機感を何度か肌で感じるうちに、そうなってしまったのだ。

実際、ユキちゃんは、包丁で刺し殺されかけた。「考えてみればキヨミさんも、本当にお気の毒」と母は言ったが、いちばん気の毒なのはユキちゃんで間違いない。

そのうえ大人になることすら許されなかっただなんて、あんまりだ。

ユキちゃんは寺育ちで、幼いときから南無阿弥陀仏の御念仏を上手に唱えられたから、阿弥陀さまのお導きで極楽浄土に旅立ったと信じてあげるべきだとわかっている。

それでも、死んでも死にきれず、想いを残して此の世をさまよっているような気がしてならない。

二度目の結婚をして息子が生まれたとき、そして息子の歳が彼の享年に近づいたときにも、私はユキちゃんを思い出しては、没年の頃の姿を想像した。

ユキちゃんの無念を思えば、そうしないではいられなかった。

やがて私の息子は青年と呼んだ方がいい年齢になったが、ユキちゃんは永遠に少年のままで、私の心の奥に取り憑いている。

しかしその姿は曖昧なのだ。橋の上で遭った少年のように。

それにしても、あの白い彼岸花には、どんな意味があったのだろう。

——また会う日を楽しみに。想うのはあなたひとり。

誰が私を想っているのか。あの少年の正体は？

白い彼岸花が咲いていた墓にユキちゃんが眠っているなら、合点がいくことだろう。

だが、そういう事実はない。

ユキちゃんは、彼の父親が預かっていた寺に葬られた。

だからこのとき私は、あの少年は地縛霊のようなものかもしれないと思うしかなかった。

もしかすると、青山霊園が土葬を禁止する前に葬られた人の霊かもしれない。

青山霊園は、明治政府が神仏分離政策を推進するために造った神葬墓地が始まりで、神葬の作法では土葬をした。

現在の都立霊園では土葬を禁止しているが、あそこには数多の遺骨が今も眠っている次第だ。

そうと知りつつ青山霊園が好きだと言ったら、奇異の目を向けられるだろうか？

しかし、そもそも私は墓地に惹かれる性質なのだ。

まず、墓地は匂いが好ましい。ことに青山霊園は。

私の育った八王子の家の前から泥だらけの山道を尾根伝いに歩いていくと、天然の鎮守の杜に抱かれて、道了堂という朽ちた廃寺と苔むした墓所があって、私の格好の遊び場だった。

青山霊園は、あの辺りと同じ、樹々と苔と石、土の匂いの底層に屍臭を潜ませた、複雑な匂いがする。私にとっては郷愁を誘う香りだ。

それに、青山霊園は、明治初期から現代までの墓地の見本市のような様相を呈しているため、誠に不謹慎なことだが、墓石を眺めたり碑文を読んだりしながら散策するだけでも楽しいのだ。

神式、仏式、キリスト教式の外人墓地、土葬の墓、火葬した遺骨を納めた墓……同じ宗教の墓地でも時代によって墓石の造りが違う。歴史的人物や著名人の墓も多く、葬られている人物について下調べをして行くと、さらに好奇心が満たされる。

現在の青山霊園は約二十六万平方メートル、東京ドームのおよそ六倍の面積があり、ここに葬られている死者は現在約十三万二千体とのことで、飽きる前に私の寿命も尽きそうだ。

そう思うからこそ、健康維持のためにウォーキングに励むことにしたときに、この場所を選んだわけだ。

――白い彼岸花と怪しい少年の件から数ヶ月が経った、この春のこと。

四月九日の午前五時。外に出ると、辺り一面に霧がたなびいていた。

昔から「朝霧は晴れ」などと言われる。

雲や風がない春の明け方は霧が出やすく、その日は雨が降らないという。東の空が水色に明るみ、徐々に光の勢いが増す気配がしていた。

青山橋の上には人気がなく、霞を透かして、橋の向こうの霊園の杜が灰色に滲んで見えた。

そちらを目指して、私はせっせと歩いていった。

橋の半ばに差し掛かったときだった。後ろから、ガラガラガラーッと、小さな車輪がタイル張りの歩道を転がる酷く耳障りな音が聞こえてきた。

以前、うちの息子がキックスケーターに乗っていて、よくあんな音をさせていた。

振り返ってみたら、やはりキックスケーターだった。

小学四年生か五年生ぐらいの野球帽を被った男の子が、ボードに右足を乗せ、左足で盛んに地面を蹴って、こちらへ走ってきていた。

三メートル余り後方まで、もう迫っている。真剣な面持ちで真っ直ぐ前を向いているようすから、急いでいることが察せられた。

そこで私は、先に行ってもらうために歩道のなるべく端に寄った。

キックスケーターは本気で漕げば、かなりスピードが出る乗り物だ。後ろの子は一所懸命に蹴り進んでいたし、あのぐらいの年頃の男児の身体能力は馬鹿にならない。あっという間に私を追い越していくだろうと予想した。

ところが、三、四秒経っても横に並びもしない。

……にもかかわらず、同じように車輪の音が聞こえていた。

変だ、と思って振り向くと、さっきと同じ距離を保って、しかし格好だけは急いでキックスケーターを漕ぐ子どもの姿があった。

奇妙に感じながら、私は橋の上を歩きつづけた。

背後の音は止まなかった。ガラガラガラーッと車輪でタイルを擦りながら、勢いよくキックスケーターが走ってくる、はずだ。

しかし、橋を渡り切る手前で、再び振り返っても、私と子どもの間の距離は縮んでいなかった。

橋が終わって、歩道がアスファルト舗装に変わって、道路の両横に青山霊園が見えるようになっても状況は変わらなかった。

ここは青山霊園を南北に切り分ける道路で、途中で青山通りと西麻布を結ぶ道路「墓地中央道」と交差している。この交差点は青山霊園の中央にあたり、文字通り「青山墓地中央」と記された標識が表示されている。地元の住民やこの辺を流しているタクシー運転手が「ぼちなか」と呼ぶ辻である。

やがて私は「ぼちなか」の辻まで来た。霊園の横を通る間にも二回、振り返って、キックスケーターの男の子が距離を詰めることなくついてくるのを確認していた。

私は、この辻から北の方へ折れることにした。キックスケーターの音を聞きながら曲がり角まで歩き、向きを変えるタイミングで、来た道を見やった。

すると、すぐそこにいるはずの子どもの姿がなかった。

——去年青山橋で遭遇した怪異を思い出した。

あのときの少年は、さっきの子より少し年かさだったが同じく男児で、場所も青山橋と共通点が多いので、咄嗟に記憶が蘇ったのだ。

しかし、こんどの子どもは、翌日も、その明くる日も、そのまた次の日も現れた。

キックスケーターの走行音が聞こえはじめる位置も、男の子が消える場所も、毎回変わらなかった。野球帽を被っていることを含め、男の子の姿も寸分違わず、なんと四日も続けて同じ現象が起きたのである。

五日目は前夜から降り始めた雨が止まなかったので、ウォーキングを休んだ。

六日目は一転して快晴になったので、明け方に出発したのだが、キックスケーターの子は現れず、それっきり遭遇していない。

後になって、この子についても、青山橋の少年と同じように、野球帽を被ってキックスケーターを漕いでいたこと以外の詳細な部分が思い出せないことに気がついた。

怪談好きな友人にこの話をしたら「それはムジナだ」と指摘された。

「だって、霊園の横の乃木坂トンネルを抜けたら赤坂で、のっぺらぼうの舞台と場所が近いじゃないか」

なるほど、小泉八雲が名著『怪談』に書いた「むじな」で、のっぺらぼうが現れるのは青山のすぐお隣の赤坂だ。

――ある商人が赤坂の紀伊国坂を歩いていると、もう夜だというのに、蹲って泣いている女がいたので、心配して声をかけた。ところが女が顔を上げると、それがのっぺらぼうだった。商人は驚き、走って逃げた。やがて前方に明かりが見え、近づくと夜啼き蕎麦の屋台だとわかったので、助かったと思って駆け込んだ。蕎麦屋の親父は商人の話を聞くと、「その女はこんな顔ではありませんでしたか」と言って自分の顔をつるりと撫でた。その途端に目鼻口が消えてのっぺらぼうに変わり、屋台の明かりも消えて、商人は闇に取り残された——

この、のっぺらぼうの正体がムジナだというのである。また、こんなふうに奇怪な状況で繰り返し同じ者に遭遇することを、民俗学では「再度の怪」という。

あらためて思えば、橋の上で二度遭った少年の一件は、再度の怪に違いなかった。であれば、キックスケーターの子だけでなく、あの子もムジナということに……。

はたして彼らの正体は？

いずれにせよ、此の世の者ではなさそうだ。

青山橋は暗渠となった笄川に架かり、橋を挟んで青山霊園と住宅街が対峙している。霊園を彼岸、住宅街を此岸に見立てると、暗渠は三途の川となり、青山橋は幽明の境界だ。

冥途の者と現世の者が交錯する場になるのも、むべなるかな。

道了堂や墓地がある山を遊び場にして育ったり、キヨミさんのことがあって、生きている人間の恐ろしさが骨身に沁みていたりするせいか、私は幽霊への忌避感がどちらかといえば薄いようだ。

もちろん怖くないことはないのだが、お祓いをしてもらう必要は感じない。霊的な怪異に遭っても普段通りに過ごす主義で、キックスケーターの子に懲りずに四回も遭ったのもそのせいだ。

秋の夜に青山霊園の中を歩いて近道しようとしたのも、墓地が好きで、日頃から幽霊に遭遇しても実害はないと思っているからだ。

また私も、いつも墓場の土を踏んで歩いているわけではない。幽霊やムジナじゃあるまいし、人間用に舗装された歩道を辿ることの方が多い。

西麻布から青山霊園を南北に貫く墓地中央道を歩いて「ぼちなか」の辻を西に折れたら、青山橋へ出られる。

連れがいる折には、必ずそうする。

ひとりのときになんとなく変な行き方をしてしまうのは、この墓地中央道でタクシーに逃げられたせいもあるかもしれない。

数年前のお盆の時季だった。深夜、西麻布からの帰り道で、ひとりで墓地中央道を歩きだしたところ、スマホに知人からメッセージが届いた。

「渋谷で飲んでるからおいでよ」という。

まだ飲み足りないと思っていたので、「タクシーを拾えたら行くよ」と返信した。

折しも小雨が降りだした。傘がなくて弱ったが、幸いなことに、夜遅くなっても墓地中央道を流しているタクシーは多いのだ。

案の定、「ぼちなか」に着く前に空車のタクシーが後ろから来た。

私は振り返って運転手と目を合わせると、朗らかに手を挙げた。

しかし、どうしたことか、運転手は顔を引き攣らせて、猛スピードで走り去ってしまったのだった。

和裁士だった祖母の影響で、私は日頃からよく着物を着ている。

そのときも、遠目には無地に見えるかもしれない白い夏着物を着て、車のヘッドライトを当てたら白飛びしそうな淡い灰色の帯を締めていた。

もしかすると、あのタクシーの運転手には死装束に見えたのかもしれない。

たぶん、かの有名な「青山墓地のタクシー幽霊」と間違われたのだ。そう思うと愉快だったが、雨が本降りになってきたので、すぐに笑うどころではなくなった。

【青山墓地から谷中へ】

怪談実話として知られている「青山墓地のタクシー幽霊」の基になっているのは、昭和初期の報知新聞に掲載された、とある事案を報じる記事である。

当時、報知新聞の七面に「きのふけふ」というコラム連載があった。きのふけふを現代の表記に直せば「昨日今日」で、最近あった実話を小噺(こばなし)的に書いたシリーズだったようだ。

「青山墓地のタクシー幽霊」の話が記されていたのは、一九三二年(昭和七年)十月三日付の「きのふけふ」。

読んでみたところ、全体に説明不足で変なところもあったのだけれど、とりあえず内容をご紹介したいと思う。

尚(なお)、原文は旧仮名遣いで読点が無かったため、仮名遣いを改め、平易な現代文に直した。

——円タクが幽霊を乗せた話。

数日前、しょぼしょぼと雨の降る深夜のことだった。

二十三歳の青年、横尾政一は、向島区業平町五八飯山安五郎方に円タクの運転手として籍を置いている。彼はその晩、青山墓地付近を流していたところ、自分と同じぐらいの年頃の美しい娘を客として乗せることになった。

「下谷までお願いします」

「五十銭いただきますが宜しいですか」

「はい」

やがて車は下谷区谷中町三七地先に差し掛かった。

「ここが私の家です」と娘に指された方に門構えのしっかりした家があった。

政一は車を停め、小雨が降りしきる中、後部座席のドアを開けてやった。すると娘は止める間もなく、滑るように門の中へ入ってしまった。

「あ、お客さん！」

慌てて後を追ったが、もう姿が見えない。仕方なく玄関の戸を叩いた。

「夜分遅くにすみません！　タクシー運転手です。まだお代を頂戴していないんですが！」

ややあって、戸を開けて年輩の婦人が顔を覗かせた。

「奥さま、あいすみません。こちらの娘さんだと思うんですが、青山墓地からお乗せしてきました。料金を支払っていただけませんか。五十銭です」

「そうですか。少しお待ちを」

婦人は政一を玄関の三和土（たたき）に招じ入れると、一円札を持って戻ってきた。

そして、金を差し出しながら言うことには――

「私の家には、もう娘はおりません。今日が死んで一年目にあたるので、供養しているところでした。……そういうことなら、仏が帰って来たのでしょう」

政一は一円札を受け取ったものの不気味さに耐えかね、交番にかけ込んで事の顚末（てんまつ）を訴えた――という嘘のような本当の話。

如何（いかが）だろうか？

先に申し上げたように、おかしな点が多々ある。

たとえば、円タクは東京市内は距離にかかわらず基本的に一円ぽっきりだったはずだが、政一さんは、なぜか五十銭しか請求していない。

それに、当時の東京市下谷区は現在の上野（うえの）を中心に日暮里（にっぽり）・入谷（いりや）・秋葉原（あきはばら）駅付近までを含む広い範囲で何処も住宅地だったのに、とくに指示されたわけでもなく谷中町に向かった理由がわからない、など。

しかし、あえて加筆修正しなかった。

また、住所氏名も、関係者が故人になっているに違いないことと、その後の区画整理で該当する住所がすでに存在しないことから、原文をそのまま引き写した。

個人情報への無配慮は、一九八〇年代ぐらいまでの新聞の記事にはよく見られる。古い新聞を読んでいると、ときには遺体の写真なども掲載されていて、現代ならありえないことだとつくづく思うが……。

「きのふけふ」にも、幽霊娘の家の住所が番地まで記されていたので、そこへ行ってみることにした。

しかし、ただ訪ねるだけでは面白くない。

幽霊娘になったつもりで、昭和七年当時の世相や風俗なども織り交ぜて情景を語りながら、私も青山霊園からタクシーで向かうとしよう。

――――――――――――――――

秋雨は涼しくなれば晴れるというけれど、今夜はこんなに冷えるのに、粒の細かい雨がさらさらと降りしきって、止む気配がない。

明日（あした）までは長月（ながつき）だけれど、神無月（かんなづき）も中ごろのように肌寒い。

墓参りに来た父母と一緒に下谷の家へ帰るつもりが、どうしても叶（かな）わなかった。

釣瓶落としに日が暮れて、青山墓地の丘や谷をあてどなくさまよっていたところ、眩しい光が目を刺した。何かしら、と思ったら、ヘッドライトだった。

黒塗りのフォード・セダン。窓の隅に「東京市内一円」の貼り紙。……円タクだ。

私の横で停まり、運転手が「乗りますか？」と声を掛けてきたので、うなずいた。

後部座席のドアを開けてもらって乗り込むと、外よりいくらか暖かい空気にふわりと包まれた。雨が着物に染みとおっている。シートを濡らしてしまって申し訳ないけれど、この機会を逃すわけにはいかない……。

「どちらまで？」

運転手に尋ねられて行き先を告げた。

「下谷へ……」

今の私には蚊の鳴くような声で囁くのが精一杯だ。我ながら薄気味悪く思う。

「下谷ですね」と運転手はうわずった声で応えた。

「今、書いちまいますから少々お待ちを。後でやってもいいんだが僕ぁ忘れっぽい性質なんでね……アカサカ區からシタヤ區、一メイ……と。そうだ、お客さん、知ってますか？　こんど下谷区の隣に向島区ってのが出来るんですよ。僕は生まれも育ちも本所の業平町なんですが、来月一日から向島区民です。本所から蹴り出される日が来ようたぁ思っちゃいませんでした！　東京市を三十五区にしようだなんて誰が言いだやけに饒舌だ。被っている中折れ帽の鍔の陰から、バックミラー越しに掠め取るような視線を幾度も投げてくるところを見ると、私を怪しんでいるのだろう。緊張すると口数が多くなる性質なのかもしれない。

訊きもしないのに、青山墓地の辺りは赤坂区青山南町三丁目なのだと教えてくれた。赤坂見附から九段下まで宮城のお濠端を通り、本郷を通り抜けて池ノ端から市電通りを抜けて谷中の方へ行くが構わないかと質問してきたので、私はミラー越しにうなずいて見せた。

「やっぱりね。お客さんは、どうも長屋住まいには見えないんで、下谷区でも西の高台の方だと思ったんですよ。お寺さんやお屋敷がある辺り、そうでしょう？……いったいどうしたんです？　雨の夜更けにあんな寂しいところをとぼとぼ歩いているんだもの、いろいろ気になるじゃありませんか……。夜遅くに赤坂の外れ、しかも墓地なんかで若い娘さんがひとりっきりで歩いてたら、放っておけませんよ。おまけにちょうど、こっちは帰り道ですから。車を車庫に戻して今夜はもう休もうと思ってたところだったんです。だから料金は半額でいいですよ。五十銭いただきますが宜しいですか」

東京市内は一円が身上の円タクなのに、特別に半分に負けてくれるというのだ。

心苦しく思いながら、再びうなずいた。口が利けないわけではないが、こんな好青年は、私のような者とは、あまり関わり合いになるべきではないと思う。

どんな悪影響があるかわからない。

もしもこれが去年……ううん、一昨年だったら、私は彼と喜んで会話したろう。

『嘆きの天使』はご覧になりまして？」などと私から世間話を仕掛けていた可能性もある。円タクに乗ったことは数えるほどだから、気分が高揚して、はしゃいでしまったに違いない。

私は、また円タクに乗れるだろうか？　只今ありうべからざることが起きている。二度と奇跡が起きない可能性を思えば、この運転手が素敵な青年でよかった。

仕立ての良いスリーピースが西洋人のように似合っている。円タクの運転手は、銀行の支店長並の高給取りだと聞いたことがある。だけど威張ったところがなくて、親切だ。

――いけない。これ以上は『牡丹燈籠』になりそう。

「お客さん、よかったらわけを話してみませんか？　傘も差さず、羽織も着ないで……穏やかじゃないですよ？　ご商売のご婦人じゃないことは明らかだし……。もしや何か早まったことを考えてらっしゃった……？　それとも天国に結ぶのに失敗した？」

鏡の中で目と目が合った。運転手はすぐに気まずそうに視線を外した。

「わからなかったですか。失礼しました。こりゃまさかの坂田山かと早とちりしちまって」

坂田山とは何だろう。ますますわからない。ここ一年の間に起きた出来事だろうか。

「そら、五月頃に『天国に結ぶ恋』って東京日日新聞がドーンとブチ上げた事件！ 映画化されて評判になったアレですよ！ 貴族の孫っていう慶應の学生と素封家のご令嬢が大磯の坂田山で相対死にを果たしたってだけでも派手ですが、ご令嬢の遺体が盗まれて、発見後に検視官が体に瑕はありませんでしたと発表するに至っては、最早ハレンチですよね！……なぁんて誹る資格がないんですけどね。僕も映画を観に行った口ですから。でもね、プラトニックラブより、やっぱり命が大事です！ 生きてりゃなんとかなりますよ。ラブの中毒患者が多数派のようで、いまだに後追い心中が新聞を賑わせてますけどね。……それで何が言いたいかってぇと……ズバリ訊きますが、お客さんは、もしや心中の片割れではありませんか？」

私は考え込んでしまった――後追い自殺と心中には似たところがあるから。

昨年一月から春先にかけて、東京府に流行性感冒が蔓延した。

一月下旬、府下の患者数は八三万人余りと報道され、命を獲られる患者が出はじめた。

二月には全国で四五一〇人が死亡して、その中に私の許婚もいた。

彼が生きていてくれさえしたら、こんなことにはならなかった。

ただ、天国に結ぶ恋とやらとは違って、私は親が決めた許婚を愛していなかった。体を求められたときに抵抗しなかったのは、どうせ間もなく妻になるのだからと捨て鉢な気持ちで割り切ったせいだった。

五月になると、こっそり子どもを堕ろしてもらうか、それとも自死するか、激怒した父に迫られる事態となった。後ろめたさはあったが、母のとりなしもあり、生きて人生をやり直すことにして、こっそり産婆を呼んで堕胎した。

罪悪感は激しかった。しかも事実が明るみに出れば堕胎罪で罰せられて前科がつく恐れもあったので、両親にまで重い秘密を負わせてしまったと思うと打ちのめされた。また、術後は下の出血が止まらず、病院を受診するように母に勧められたけれど、男の医者にそんなところを見られたら屈辱に耐えられないと思った。

そういう仕儀で、未来に一切の希望を持てなくなった。

だから私は、睡眠薬のカルモチンを二箱いっぺんに飲んだのだ。

「道が空いてぃやがるから速ぇや」と運転手がひとりごちた。

これが彼の普段の言葉遣いなのだろう。さっきからときどき地が出ていたが、むしろ好ましかった。

許婚は、青山の祖父母や両親と同じ山手言葉で、それがわかったとき、市立学校出身で近所の子たちと遊んで育った私は、ひとりぼっちの寂しさを覚えたものだ。

――どうして私はこの運転手と結ばれなかったのか、口惜しい……。

ふと、気が違ったようなことを考えてしまった。

そのうち、運転手はまた中途半端な接客用の口調に戻って、

「なるったけ明るいところを通りますから」と言った。

関東大震災直後の、真っ暗な東京を私は憶えている。私のうちは食器が割れたり物が壊れたりしたけれど焼けなかった。同じ下谷区でも、谷戸の低地はまる焼けになったそうだ。

父は士族の家の次男坊で赤坂に実家があり、当時十歳だった私は家が片付くまでそこに預けられた。その道すがら、父と二人で、闇に沈んだ景色を見た。

焼け野原になった辺りは真っ黒に塗りつぶされたようで、夜空がやけに明るかった。

「帝都の過半が焦土と化してしまったそうだよ」と父は息が抜けるような声で言った。

青山墓地と同じ赤坂区青山南町にある屋敷に着くと、伯父夫婦が出迎えてくれて、

「俺たちが通ってた青南小学校が避難所になった。東京一円から焼け出された人が来るそうだ。この辺はこれでも被害が少ないようだよ」と父に話していた。

そんな伯父の家も停電していて、蠟燭を使っていた。暗い廊下が隧道のように長く

て、恐ろしかった。

ひと昔前の東京府はガス灯の街で、父の話では、明治四十五年七月三十日に明治天皇がご崩御されて、九月十三日から三日間にわたって大喪(たいそう)の儀が執り行われたときは、二重橋(にじゅう)から馬場先(ばばさき)門までの道筋両側に明々とガスの篝火(かがりび)が掲げられ、実に壮観だったという。

大震災の復興工事の過程でガス灯の多くが電灯に置き換わり、金融恐慌や昭和恐慌で全国に困窮が拡がる中でも、今のところ、電気の街灯は年々数を増やしている。

私たちの円タクは、街灯が照らすお濠端を軽快に走った。

九段下まで来ると、途轍(とてつ)もなく大がかりな工事現場が目に入った。

建設中の建物が真っ黒な巨鯨のようなシルエットを見せている。以前この場所に、こんなものはなかった。

「ああ、あれ、気になりますよね？　今年起工した帝国在郷軍人会の軍人会館ですよ。兵隊がどんどん幅を利かせて、大将でもない普通の退役軍人まで威張るようになって……。去年からずっと、やれ満州事変だ、やれ上海事変だのと世情が騒がしくて、勇んで鼻息を荒くしてる連中も多いけど……こんなこたぁ外じゃ言えませんが、僕は甲種合格は自慢の種ってだけにして、爺(じじい)になるまで平和に円タクを転がしていたいもんだなぁと思っちまうんです」

やがて見覚えのある街路に入った。上野の不忍池の近くの、そう、池ノ端の伊豆榮のそばだ。家族で鰻を食べにいったことが何回かある。不忍池で少し遊んで美味しい鰻重を食べて、ゆっくり歩いて谷中町の家へ帰る——そういう幸せな時間が、今はとても遠い。

ああ、五重塔が見えてきた。自分の町にこんな立派なものがあることが、幼い頃から誇らしかったものだ。三十四メートル余りもある天王寺の五重塔は、谷中墓地の只中で下町の空を押し上げていて、江戸っ子には自慢の東京名物なのだ。

「お客さん、まだですか？　もうすぐ谷中墓地ですよ……って、また墓地かい……」

この道で間違っていないのだ。ほら、私のうちが見えてきた！

冠木門には扉がなく、そこから玄関の引き戸までのほんの一間に、トントンと飛び石が並んでいる。父は小役人で、うちは赤坂の祖父と伯父たちの家みたいなお屋敷ではない。

「……ここです。ここが私の家です」

「え？　ああ、ここですか。はいはい、今ドアを開けて差しあげますんで、少々お待ちを」

運転手は傘も差さずに俊敏に車を降りると、後部座席のドアを開けてくれた。

私は魂が玄関の方へ引っ張られるのを感じた。すると抗う間もなく、飛び石を足もとに見ながら、たちまち実体を失って、引き戸の内側へ吸い込まれた――

「あれ？　お客さん、お支払いをお忘れですよ！　ちょっと！……困ったなぁ」

門の外で運転手がぼやいている。

――お母さん、お父さん、ただいま帰りました。

挨拶しようとしたが、声が出ない。たぶん円タクに乗るために力を使い果たしてしまったのだ。

父が放心した顔で神徒壇の前に座っていた。神徒壇は、仏教徒にとっての仏壇に代わるものだ。瑞々しい榊が両側に供えられている。私の霊璽は、鏡の後ろの扉の中だ。

父は去年より十も老け込んで、小さく萎んでいた。その落胆の激しさ、後悔の深さは如何ばかりか。許婚は婿養子になるはずで、私は跡取り娘だったのだから……。

「戦争の時代が来るから、おまえが娘で良かった」と結納の前に父は言っていた。

「男は召集されればお国に命を預けなければならないが、おまえはこの家にいられるよ」

あのときは籠の鳥にされそうで負担を覚えたが、父には、そんなつもりはなかったのだろう。

幼い頃は、母が嫉妬するほど父にも可愛がってもらったのに、父の手の温もりを、真心を、いつのまにか忘れてしまっていたことが口惜しい。私が許婚に誘われるがままになるほど投げやりになった原因には、家に対する反発もあった。

父は、愛娘を手放したくなかっただけなのに。堕胎か死かと迫ったのも、可愛さ余って憎さ百倍、怒った弾みだろう。父がずっと私を大切にしてきたことを思えば、少なくとも自死の方は本気ではなかったと今はわかる。

母の言うことを聞いて医者にちゃんと診てもらえば、下の病は治せたかもしれない。医者に診せたせいで、たとえ私が罪に問われることになっても、両親はきっと許してくれたに違いない。

カルモチンなぞ呑まなければよかった。

悔しいことは他にもある。母と私は浄土宗を信心していた。私は仏式で故郷の谷中に葬られたかった。家のすぐ裏の谷中墓地なら馴染み深いし、家から近いから寂しくない。でも、父の実家が青山墓地に立派な神式の墓所を構えていたから、そちらに埋葬されてしまった。

この銘仙のシャリッとした肌触りが好きだった。もう本当には感じられないのも、切ない。

――無念で、心残りがして、旅立てない。

運転手が玄関の引き戸を叩いている。母が「はい」と返事をしながら、廊下を小走りに玄関へ向かった。鬢の毛が雪の白さで私の目を突き刺した。

――ごめんなさい、お母さん、お父さん。親切な運転手さんも、ごめんなさい。

――――――――――――――――――――――

現身の私は、谷中六丁目の交差点でタクシーを降りた。白昼である。幽霊は夜更けて移動したが、私は午前十一時に青山霊園を出発した。

幽霊娘が昭和七年の円タク運転手に通らせた経路を出来るだけ踏んで、青山霊園から台東区の谷中まで来た。円タクがどれだけ時間を要したかはわからないが、現代のタクシーで三十五、六分の距離だった。

震災と戦災で景色が変わっているが、当時の道を辿るのはそう難しいことではなかった。

市電が消えても地下に東京メトロ・千代田線が通り、市電通りは不忍通りで、「池ノ端の伊豆榮」も「上野池之端伊豆榮」として今も健在だ。

現在、千代田線・根津駅がある辺りに昔は郵便局があり、市電の駅は僅かに北側にずれていた。昔は郵便局があって今は根津駅がある十字路を右に曲がって直進し、谷中六丁目の交差点までやってきた次第だ。

かつてこの交差点は、北西の角から順に時計回りに、谷中坂町、谷中町、上野女子薬學校（後の東京薬科大女子部）、谷中清水町に囲まれていた。上野女子薬學校は昭和初期〜昭和戦前期の古地図では単に「薬學校」と記されていることが多い。七〇年代に八王子市に移転して、現在は同じ場所にマンションが建っている。

幽霊の家は、昭和七年の報知新聞「きのふけふ」によれば「谷中町二七地先の門構への家」で、古地図で旧谷中町の番地「27」がしっかり確認できた。

そこが現在の谷中六丁目二番地の辺りであることは、古地図と新しい地図を照らし合わせて事前に確認している。

——とりあえず行ってみることにした。

かつては薬學校の長い塀があったであろう道沿いをJRの線路の方へ直進していくと、ひとつ目の大きな角の近くに警視庁下谷警察署谷中交番があった。

昭和七年の頃の地図にも、ここには谷中警察署の表示がある。

円タクの運転手が駆け込んだのはここだろうか、と、楽しく想像を膨らませながら、この角を左に折れて、真っ直ぐ歩く。

谷中には震災や空襲の被害を逃れた建物が多く、古き良き時代の情緒が街並に残っている。屋根瓦の純和風建築や大正モダンが薫る石造りの商家……。古い民家や商店のリノベーションも進んでいるようで、谷中交番のそばには銭湯の建物を利用した現代アートのギャラリーや個性的な喫茶店などがある。日展会館の白い建物を横目に、さらに道の奥へ……。

民家の間に、見落としてしまいそうな慎ましやかな石畳の参道が開けていた。

参道の先に近代的な建物の寺院があり、扁額に「瑞應山」と大書されているのだが、これはいったいどういうことだろう？

地図上では、この参道の先が「谷中町二七地先」のはずなのだが。

住所は合っている。古地図と現代の地図を重ね合わせてみても、建物の形までほぼ一致していて、間違いなく、この奥に問題の家があった、と思われる。

昔、鎌倉に住んでいた時分に、寺院が境内に設けた賃貸住宅に住んでいる人を取材したことがあった。そこは門と庭付きの一戸建てで、「この寺の檀家ではない。別の宗派を信心している」とインタビューイーさんが話していたことが印象に残っている。

昔はここにも寺院の賃貸住宅があったのかも。

……と、少し考えて、「待てよ？」と閃いた。

これは、もしかしたら、「きのふけふ」の記者がイタズラを企んだのではないか？

読者が番地を頼りに幽霊の家を探しに行くと、お寺に導かれてしまうわけだ。

幽霊の家と思っていたやじうま連中は「新聞記者に一杯食わされた！」と笑いながら、ついでに手を合わせて御賽銭を上げてくるしかない。

人の迷惑を顧みずに押しかけるやじうま根性にも非があるから、記者のイタズラは責められない。お寺は儲かる。きれいに丸く収まってしまう。

ちなみにこの寺の向かい側は谷中霊園だ。

ここには徳川慶喜、鳩山一郎、渋沢栄一、横山大観などが眠っている。円タクの車窓から幽霊娘が見たであろう五重塔は、一七九一年の再建時には関東でいちばん高い塔で、その後も長くランドマークとして江戸っ子たちに愛された。

谷中五重塔。総欅造りで幸田露伴の小説『五重塔』のモデルとしても知られ、『江戸名所図会』や『風俗画報・新撰東京名所図会』に登場、数々の古写真や観光客用の絵葉書にも在りし日の雄姿が残っている。

明治四十一年に東京市に寄贈され、震災や空襲を奇跡のように生き延びたが、一九五七年七月六日の払暁に焼失してしまい、今は礎石などの遺構が残されているのみだ。午前三時四十分頃、谷中五重塔は空を焦がして松明のように燃え盛り、壮麗な火柱となって焼け落ちた――と、私は見てきたように嘘を吐いているのではなく、NHKのウェブサイト・NHKアーカイブスのNHK放送史コーナーで公開されている当時のニュース映像を実際に視聴したから知っているのだ。

それには、必死の消火活動も空しく全焼してしまう一部始終や、呆然と眺める近隣住人のようすが白黒映像で記録されており、終わり近くでキャスターがこう述べていた。

「谷中警察署で焼け跡を調べたところ、男女の死体が発見され、焼け残った所持品や中から逃げ出そうとした形跡がないことなどから、心中するための放火ではないかと見られています」

男女はどちらも原形を留めぬほど顔が焼け崩れていたが、現場で発見された金の指貫を手がかりに身許の捜査が進み、やがて、裁縫店に勤務する四十八歳の男性と二十一歳の女性だということが判明した。

さらに、二人は不倫関係にあったことから、心中事件だと解釈された。

青山のタクシー幽霊の噂には、青山墓地から池袋へ行くというパターンもある。

実はこちらが王道だ。新聞が記事にしたのは下谷区谷中町バージョンだが、池袋バージョンの方が巷説では優勢のようだ。

「池袋の女」という怪談をご存知だろうか。

江戸時代に南町奉行の根岸鎮衛が書き綴った『耳嚢』が初出らしいが、簡単に述べると、池袋出身の女を雇った家で怪異が頻発するという話だ。

この池袋の女が怪異を巻き起こすという話は、明治時代に作家の岡本綺堂が「池袋の怪」と題して怪談文芸に仕立て直したこともあり、後々まで言い伝えられた。

そういうわけで、池袋の女性にしてみれば迷惑千万な風説に違いないが、怪しい女といえば……という人々の思い込みから、青山墓地で幽霊娘を乗せたタクシーの行き先が池袋になったのかもしれない。

しかし、横浜へ行くパターンも存在する。

民俗学者の故・池田彌三郎先生が著した『日本の幽霊』には、昭和五、六年の出来事とされる横浜バージョンが紹介されている。

行き先は横浜で、幽霊娘は黄八丈を着ている。後は谷中の話と似ているが、バックミラーに女の姿が映っていなかったという独自の描写がある。鏡には映らないのに、横目で客席を見たら、たしかにいた……というのだ。

青山墓地から横浜までは約三十キロあり、自動車でおよそ一時間の距離だ。

バックミラーに映らない女を一時間も乗せるのは、人間心理に照らして無理がある。事実、「もうかなり臆し切った気持ちであったが、どうやら横浜まで来て」という記述がされていた。それにしても豪胆すぎやしないか、とは思うが、鏡に映らないことが、この女が現身ではないことを証しており、怪談の仕掛けが完成するのだ。

現世と彼の世が鏡面によって切り分けられて、読者の前に二つの世界が明確に顕現する。その点が怪談噺としてたいへん優れていると思う。

ちなみに『日本の幽霊』にはもうひとつ青山墓地のタクシー幽霊の話が載っていて、こちらは元東京都知事で作家の石原慎太郎氏が池田彌三郎先生に直接語った、人形町バージョン。

この話はちょっと異例だった——幽霊娘が行き先を途中で二転三転させるのだ。

「人形町へ」と注文したと思ったら、「三田の綱町へ」と変更する。ところが綱町が近づくと、「やっぱり人形町へ」と言う。

そして女は人形町の街角で、例の如く金を払わずに降りる。運転手が家を訪ねると娘の葬儀の最中で、彼は遺族にわけを話す。

すると、娘の家族が、「綱町に娘の婚約者がいる」と告げる。

……と、こういうことがあった直後に石原慎太郎氏の友人がこのタクシーに乗った。運転手が体験したばかりのことを彼に話し、彼が石原氏に、石原氏が故・池田彌三郎先生に語って聞かせたわけである。

さて、青山墓地から幽霊を乗せたタクシーが何処へ行ったのか定かではなくなったところで、私は現世の谷中から少し足を延ばして、二・二キロ先の東上野三丁目、下谷神社を訪ねた。

【下谷の家族】

日本は神社だらけの国である。仏教寺院も多いのだが、神社には敵わない。とくに稲荷神社の数ときたら途轍もない。お稲荷さまは神社の中でも全国一位、その数約三万社とも四万社とも言われ、民家や社屋などの屋敷神や道端の祠を入れたら、この何層倍もの膨大な数に上る。

東上野三丁目の下谷神社も、お稲荷さまだ。

創建は奈良時代。東京でいちばん古い稲荷神社だという。祭神は、商売繁盛と家内安全の御利益がある大年神と日本古代の伝説的英雄・日本武尊。

下谷神社が公表している由緒を参照すると、

「当神社は、人皇第四十五代聖武天皇の御代天平二年（西暦七三〇年）に峡田稲置らが、大年神・日本武尊の御神徳を崇め奉って上野忍ヶ丘の地にこの二神をお祀りしたのが創めである」と、記されていた。

他に、この神社の縁起として「天平二年に僧行基が京都の藤森稲荷を勧請して上野忍ヶ丘に創建された」と記す資料も多く見受けられる。

——つまり、いずれにせよ最初は「上野忍ヶ丘」に置かれていたようなのだ。

これが何処かというと、どうやら現在の上野恩賜公園の場所らしい。

多くの方がご存知のように、もともとあそこは上野山と呼ばれた台地である。

この台地の古名が「忍ヶ丘」なのだ。

これがなぜ「上野」に変じたかといえば、戦国時代から二代将軍徳川秀忠の時代を駆け抜けた戦国武将・藤堂高虎に起因するという説と、江戸時代に地形的に低地である下谷に対して標高が高いので上野とよぶようになったとする説がある。

藤堂高虎は家康に手腕を認められ、江戸初期に二十二万石の加増を受けた。そのとき新たに領有することになった中に、改易・廃藩を経て無主となっていた「伊賀上野藩」があった。

さらに、高虎は江戸の忍ヶ丘に藤堂家の屋敷地を得ていた。そして家康が晩年危篤に陥り、自らの魂が末永く鎮まる所を所望すると、その忍ヶ丘の屋敷地に家康を祭神とする「上野東照宮」を建てたのである。

上野東照宮は後に徳川家光が改築したが、上野戦争、関東大震災、東京大空襲を無事に潜り抜け、今も上野恩賜公園内にある——脱線するが、高虎の墓も、上野恩賜公園内・上野動物園の「動物たちの慰霊碑」の後ろにあるという。

なぜ動物……虎の字が付くから……ではなく、長い年月の間に偶々そうなったのだろうが、ちょっと面白い。

いずれにせよ、下谷神社が初めは上野恩賜公園がある台地に建てられたことは間違いない。同地は古くは忍ヶ森とも呼ばれていた。下谷神社が創建されたのは徳川家康が生まれる遥か前の奈良時代だ。その頃の鎮守の杜は、さぞかし鬱蒼としていたに違いない。

その後、下谷神社は都合四回の遷座を経て、最終的に、現在の東上野三丁目に落ち着いた。震災後に約七年かけて行われた区画整理に伴う移設だったそうだが、その後、第二次大戦の大空襲の折に、周辺が焼け野原になったにもかかわらず、ここだけは鳥居を含めてすべての資産がいささかの損害も被らなかったという。

御神祭の神威が顕現したかのような不思議なエピソードだ。

しかし世俗的な怪談作家としての私は、二十年以上前からネット界隈で囁かれるようになった「心霊スポット・下谷神社裏」のこんな噂も気になっている。

——下谷神社裏では、○○という喫茶店の経営者の姉が首吊り自殺している。また、同じエリア内に、一年の間に三人の家族が死に、それから後、残された祖母も死亡したのだが、死因はいずれも首吊りだったという家がある。さらに、その家の隣と裏の二軒でも立て続けて首吊り自殺があり、近くの店の女主人も首を吊った。首吊り自殺が多すぎない？——

ネットを検索して調べたところでは、いちばん古い書き込みが一九九九年九月八日の日付の「東京の心霊スポット・オカルト情報館」にあった。このサイトは巷（ちまた）に転がる心霊オカルト系の情報を集めたものだから、噂自体はそれ以前から存在したものと推測される。

下谷神社の裏参道から一歩外に出ると、路地を挟んで目の前に、二階から四、五階建ての低中層の集合住宅が立ち並んでいる。

一階を飲食店などの店舗にした民家が混在し、集合住宅にも一階が何らかの事業所や店舗になっている建物が多いのが特徴だ。下谷神社から離れるに従って高層のビルが増えてくるが、依然として路面店はポツポツと目につく。地価が高く人口が多い都心部の住宅街では、よく見られる光景だと思う。一階の店の主人がビルのオーナーという場合も珍しくない。

歩きまわるうち、下谷神社から二百数十メートル後方に離れた辺りで、元の情報で記されていた喫茶店を見つけた（原典には固有名詞が載っていた）。あらかじめ調べたところでは、四十年余り営業を続けている老舗（しにせ）だという。

店が実在したことで、噂のリアリティが増した。しかしながら、私はそれ以上の取材を試みることはしなかった。なぜなら、関係者が存命な場合、ネットのオカルト情報は噂に留(とど)めておいた方が倫理的だと考えるので。

それにまた、私が下谷神社に来た主な目的は他にあった。

私はここでインタビューと待ち合わせをしていたのだ。

面白いことに、谷中の家へ帰った青山墓地の幽霊タクシーについて調べ物をしている最中に、ある女性から、たまたま青山霊園と谷中が両方出てくる体験談をお寄せいただいた。

そこでさっそくお話をうかがった次第である。

存命だった頃の父方の祖母は時折、「うちの血筋は上野のお山に取っ憑(つ)かれてんだねぇ」と嘆いていた。

たとえば私が都立高校に進学が決まったときも、「なんでもっと遠いところの学校に行かないんだ」とひとしきりブツクサ言って、最後には「お山に取っ憑かれちまってるからしょうがない」と締めくくっていた。

下谷神社の隣にある郵便局でアルバイトをしたときも、大学を中退して実家に戻ってきたときにも、同じことが繰り返された。

私に限ったことではなく、私の弟が日本最難関の国立大学に合格して、両親が「鳶(とび)が鷹(たか)を生んだ！」と抱き合って喜んでいても、祝福もそこそこに「旧帝なんて上野山の麓(ふもと)じゃないか」と文句を垂れていたし、母によると父から初めて紹介されたとき「もしかして、おうちはこの辺り？」と祖母が訊(き)くので、谷中の富士見(ふじみ)坂の近くだと答えたところ、「ご近所じゃないか。つまらないねぇ」と思い切りしかめ面をしたとか……。

父の家が空襲で焼けなかった稲荷町交差点の付近にあり、私はそこで生まれ育った。祖父の家族が関東大震災後に移り住んだのが始まりだそうだが、もとの家も明治の終わり頃から旧下谷区内にあったというから、たいして変わらない。祖母の実家にしても同じ区内にあったそうで、「うちの血筋は」と祖母がぼやくのも理解できた。代々下谷育ちの者をこの辺りでは「下谷っ子」という。

私もベタベタの下谷っ子だ。ちょっと気を抜くと、父譲りのべらんめぇ口調が出る。子どもの頃は下谷神社の大祭を家族総出で欠かさず見物に行ったものだ。また、谷中墓地にある代々の墓をお参りするのも家族全員で行くことが多かった。

家族というのは、大正生まれの祖父母、昭和十三年生まれの父、昭和二十年生まれの母、そして昭和四十三年生まれの私と四歳下の弟で、ときどき猫や犬が加わった。

――もう、みんないなくなった。

私は、今は悪い夢に閉じ込められているだけで、いっそ死んだら元の世界に戻れるのではないか、と、ときどき思ってしまう。

もっとも、弟は生きている。弟だけは、祖母が信じていた上野山の呪縛から逃れて二十代でアメリカへ行き、市民権を得て、向こうで見つけた同性のパートナーと二十年来一緒に暮らしている。アメリカに永住する覚悟を決めたとき、弟は家族に向かって宣言した。

「僕は日本に帰らないよ。この国は僕には合わなかった」

そのときすでに祖母が鬼籍に入ってしまっていたのは残念なことだった。孫息子が「圏外」へ脱出したのを知ったら喜んだはずだ。

祖母の死と前後して祖父も古希を迎えた直後に心不全であっけなく逝き、父も十年ほど前に七十二歳で祖父と同じように急死して、母は……。

母は奇妙な死に方をした。

父の死から三年後、私が四十五歳、母が六十八歳のときだった。

「ただいま」と玄関で言ったとき、いつもなら家のどこで何をしていても即座に「お帰りッ」と威勢よく弾(はじ)ける母の声がそのときは聞こえなかった。

五月の夜の十時頃だった。およそ一年前に私が離婚して出戻ってから、母と二人で暮らしてきたけれど、こんなことは今まで一度もなかった。

杖を下駄箱に立て掛けて、靴を脱いでいると、母が可愛がっている猫が、廊下の奥からのっそりと現れた。

「ただいま、フーリィ。お母さんはどこ？」

フーリィは、いつになく神妙な顔つきをしていた。あまり賢い猫ではないのだが、このときだけは言葉を理解したようすで、クルリと後ろを向くと「ついて来い」と言いたげに、少し振り向いてニャーと鳴いた。

そこで後をついていったところ、リビングルームのカーテンが夜風にそよいでいた。カーテンが翻ったとき、バルコニーに倒れている母の白い脚が見えた。

――バルコニーから屋上へ続く階段の下で、母が壊れていた。

おかしな表現だが、実際に「壊れている」としか言い表しようがない状態だったのだ。首も腕も脚も全部間違った方を向いていて。

あまりのことに、悲鳴をあげるのも忘れて棒立ちになってしまった。足もとの床が抜けて垂直に果てしなく墜落していくようだった。一切の音が消えて、鼓膜の奥がキーンと鳴った。

このとき心に被った衝撃は酷いもので、正常な判断力を取り戻すまで、しばらくの間……本当は一分に満たなかったのかもしれないが、実感としては永遠とも思える時に閉じ込められて、冴えた観察者の視線で母の遺体を見つめていた。

そのため未だに、あのときの光景を忘れられずにいる。

血液まじりの吐瀉物が、母の鼻孔と口から溢れながら乾いていた。吐瀉物に緑の粒々が交ざっており、何かと思えば嚙み砕かれた胡瓜なのだった。

母の目は薄く開いていたが、眼球に艶がなく、もう何も映していないことが明らかだった。伸縮素材の丈の長いワンピースが風に揉まれたかのように捻じれた皺を作って捲れあがり、素肌が裸足の爪先から太腿の中間まで露出していた。右足の親指の爪が剝がれて赤黒く凝血し、そこだけペディキュアを塗ったかのように見えた。

失禁しており、遺体に近づくと黄色い悪臭が立ちのぼってきた。

瞼を閉じてあげようと思ったが、手の震えが酷く、うっかりして母の眼球を押し潰してしまうといけないのであきらめて、一一〇番通報をした。

声を絞り出すためには、何度か唾を飲み込まねばならなかった。

「帰宅したら母が階段の下で倒れて亡くなっていたので、すぐ来てください」

――母は階段から落ちて死んだのだと推測するしかない状況だった。

死因は多発性外傷によるショック死。最期の一分か二分は酷く苦しんだかもしれないと聞いて、私は恐ろしさのあまり泣いてしまった。

それにしても、階段から落ちただけで、こっぱみじんと言いたいほど人体が壊れるものだろうか？

その点は警察や検視官も不審に思ったようで、念入りに捜査と検死が行われた。

だが、侵入者がいた痕跡が無く、階段の手すりや段々に母が転げ落ちたことを示す証拠が明らかに残っていたのだ。

私も事情聴取に応えたが……実は私には、ひとつ思い当たることがあったのだけれど……警察に理解してもらえるはずがないと思い、それについては話さなかった。

そして、さっさと引越せばよかったと後悔した。

父が死んでから、母はずっと、この家を貸し出すことを考えていた。

「私がひとりで住むには広すぎるし、光熱費だって馬鹿にならない。場所は悪くないと思うし、リフォームしたらすぐに借り手がつくよ」

母の希望が実現しなかったのは、私のせいだ。

「私が帰る家がなくなっちゃう」と冗談めかして何度か母に言ったものだ。

父が亡くなってからの母の財政は、不動産と一緒に借金も相続したため、かなり厳しく、私がリフォーム代を出してあげなければ部屋の全面改装など出来はしないと知りながら……。

そして去年の春、私は離婚して本当に家に出戻った。

しかし、母と二人で暮らしだすと、私にも部屋が広すぎるように感じられてきた。寝室が三つと、客間がひとつ、十五畳のリビングルームがある4LDK。しかも屋上がついている——自慢ではない。金持ちだと誤解されると困る。

前述したように、私の父方家系は曾祖父の代からこの土地に住んでいた。下谷神社のすぐそばに稲荷町交差点という十字路がある。その十字路を中心とした太いダイヤ形のエリアは、第二次大戦のとき空襲で焼けなかった。だから曾祖父が関東大震災後に建てた古い古い家に、私たち家族はずっと住んでいたのだ。

私が物心ついた頃にはオバケが出そうなボロ家になっていた。それから何回か水回りなどをリフォームしたけれど、だんだんどうしようもなくなってきた。

折しもそこへ、八〇年代のバブル景気が来た。私の父は事務員をひとりだけ雇い、雑用を母に手伝わせて、ちっぽけな不動産屋を家の一階で営んでいたのだけれど、急に不思議なくらい儲かりだした。また、ちょうどその頃、祖父が亡くなった。

そこで父は預金から相続税を払うと、すぐに銀行でローンを組んで、それまで住んでいた家を取り壊し、五階建てのビルを建てた。私が高校一年のときのことだ。一階から四階をワンフロアにつき二戸の賃貸住宅にして、五階を家族の住居とした。

屋上も私たち家族の占有スペースで、最初の十年ぐらいは、ウッドデッキや人工芝を敷いたり、椅子やテーブルを並べて食事したりと、大いに活用していた。

思えば、あの時期がいちばん恵まれていた。でも、ご存知の通りバブルは崩壊した。ビルを建ててからも、父は近所のオフィスビルの一室を借りて不動産屋を続けていたが、平成八年か九年頃に、もうたいして儲からないからと言って、六十手前で辞めてしまった。

――そういうわけだから、たまたまリッチな時代に家族用に造ったうちに、私と母は住んでいたのだ。

しばらくすると私も、ここを貸しに出した方がいいと考えるようになった。

……母が変死したことで、今や、いわゆる事故物件になってしまったけれど。

私には三千万円ほど貯(たくわ)えがあった。大部分は、十三年前、交通事故に遭ったときに受け取った慰謝料と賠償金だ。そこからリフォーム代を出してうちを改装すると、貸しに出した。

早くこうすればよかった。

そして母には母用のマンションを借りてやって、別々に暮らすべきだった。

さもなければ、母をうちに置いて私だけさっさと出るか……。

なぜって、私が帰ってきたことで、タカシさんとエマちゃんが母の前にも現れるようになっていたから。

タカシさんとエマちゃんは私の家族だけれど、幽霊だ。

母は二人を追い出したがっていた。だから、彼らが母に何かしたに決まっていた。

——私は下谷のうちから、谷中の賃貸マンションに引越した。

亡き祖母の願いを叶えて、遠方に住むことも考えなくはなかったのだが、谷中墓地には弟以外の私の家族全員が眠っている。母は頻繁に通って、お墓をいつもきれいに整えていた。私が後を継がなければいけない。

タカシさんのお墓は青山墓地にあり、お盆と命日には欠かさず墓参りしている。

エマちゃんは、私の子宮ごと潰されたとき、妊娠二十四週の胎児だった。

私は二十四歳のとき、タカシさんと結婚した。子どもを授かったら産むつもりだったが、なかなか出来ず、妊娠したのは二十八歳のときだった。

兆候があり、タカシさんに付き添ってもらって、最寄りの総合病院の産婦人科に行った。

二月の初旬だった。お互いに定時で退勤して外で待ち合わせをするのは本当に久しぶりで、事前に私は松坂屋でバレンタインデーのチョコレートを買っておいた。手渡すとき、ひどく気恥ずかしかったことを憶えている。

妊娠判定検査の結果は妊娠二ヶ月。経過は順調とのことだった。

「やった！　ご両親に報告しにいこう」

「えっ、今から？　もう遅いよ」

「まだ八時だよ。近くだし、大丈夫！」

——あの日の不安とないまぜになった喜びが、今はなんて遠いんだろう。

　タカシさんは大阪に本社がある大手企業子会社の東京支社に勤務していた。オフィスが上野駅の西側にあり、私が働いているフィットネスジムのすぐそばだった。私はタカシさんのインストラクターだったのだ。彼は三日坊主で、すぐにやめてしまったけれど、付き合いは続き、出会いから一年後、内輪だけでささやかな式を挙げて入籍したのだった。

　私たちは二人の職場に近いところにマンションを借りて暮らしていた。すぐ近くにコンクリートの築山（つきやま）やカラフルな遊具を備えた公園があった。そこで昭和三十年代に子どもが誘拐されたという噂を耳にしたことがあるけれど、昭和は何年も前に終わっている。入谷と呼ばれるこの界隈（かいわい）は文教地区で治安が良く、子育てに適していた。北青山にあるタカシさんの実家にも、次の週末に二人で訪ねていった。

　妊娠を報告すると、うちの家族は喜んだ。弟にはメールで知らせた。

　祝福された妊娠だった。インストラクターは辞めざるを得ないかと思っていたら、上司の発案で、同じジムで開いているマタニティヨガの教室を受講しながら、当面の間は事務仕事をさせてもらえることになった。臨月からしばらくは休職して、復帰後は、私がマタニティヨガの講師をするのだ。

穏やかな月日が妊娠七ヶ月まで続いた。

「次の健診で性別を教えてもらおうと思うんだけど、どう思う？」

「えっ、もう判るの？」

「うん。今日の健診で『知りたいですか？』ってお医者さんに訊かれた。夫に相談してみますって答えて帰ってきちゃった」

「なんで？　教えてもらってくればよかったのに！」

「……そうだよね。でも、ちょっと怖くなっちゃって。一気に現実的になるじゃない？」

「ああ、まあね。いろいろ買いそろえなくちゃいけないし？　そういうこと？」

そうではなかったが、うまく説明できなかった。

まだ私には母親になる覚悟が足りていなかった。赤ん坊の性別まで判ったとなれば、うかうかしていられない……と、焦ったのだ。

タカシさんは暢気そうだ。

「名前は男の子ならレン、女の子ならエマでいいんだよね？」

「うん。でも、どんな字にするか考えなくちゃ。画数を調べろって、うちの親が言ってた」

——結局、エマにどんな漢字を当て嵌めるか決めることはできなかった。

次の健診に、タカシさんはわざわざ有休を取ってついてきて、私と一緒にエコー画像を見ながら性別判定を聞いた。「女の子ですね」と聞いたときのあの人の嬉しそうな顔ったらなかった。目鼻が溶けて流れ落ちるんじゃないかと思うほど、一瞬でデレデレになった。

私が通院している産婦人科は稲荷町駅のそばでうちから近いので、いつもは健康のために歩いていくのだが、その日に限って、タカシさんが車で行きたがった。

「帰りがけにドライブしようよ。しばらく出来なくなるから、するなら今のうちだよ」

タカシさんは学生時代に父親から譲ってもらったという二十年落ちの国産セダンを持っていて、以前はよくドライブした。

そう言えば妊娠してからしてないな、と思い、私も乗り気になった。

「七月に入ってからホントに暑くて、歩くのが辛くなってきたところ。車ならクーラーが掛けられるから楽だし、いいね！」

もしも神さまがいるなら、とても意地が悪いと思う。あの日に限って、私たちは車で出掛けた。いつもみたいに歩いて病院に行けば、こういうことにはならなかった。

十七日の午後三時頃、病院を後にして横浜まで遠出した。

タカシさんは、上機嫌になると鼻唄を歌う癖がある。歌うのはそのときどきのお気に入りのヒット曲だが、この春からは福山雅治の「桜坂」ばかりだ。

運転中、二度も三度も歌いだすので、「また?」と呆れて笑ってしまった。

元町で食事をし、会計を済まして外へ出ると、蒸しあがったような風のない夜空に満月が輝いていた。

――そうそう、満月の晩は交通事故が多いと聞いたことがある。ああ、なんで本当によりによって……。

タカシさんは私を気遣い、なるべく空いた道を選んで、安全運転を心がけていた。信号が変わって交差点を直進しはじめたら、突然、運転席側の窓にトラックの巨体が迫り、体当たりしてきた。

トラック運転手は寝不足で、うつらうつらと半ば眠っていたらしい。正面から直進車が来たにもかかわらず、ほとんど夢の中で、ハンドルを右に切った??という事故の状況は、ずっと後になって、この事件を担当した交通課の刑事から知らされた。

タカシさんが「うわ!」と叫び、私も悲鳴をあげた。次の瞬間、全身に衝撃を感じて世界が暗転した。

病院のベッドで意識を取り戻したときには三日も経っていて、エマちゃんは私の体から子宮や腸の一部と一緒に取り除かれていた。タカシさんは即死だった。

骨盤の複雑骨折をはじめ全身五ヶ所の骨折や脱臼と複数ヶ所の内臓損傷、後遺障害等級で九級に認定された生殖機能の喪失、そして家族の死は、タカシさんの両親がつけてくれた弁護士の尽力もあって、私に二千万円以上の慰謝料と賠償金をもたらした。

タカシさんとエマちゃんが初めて夢に登場したのは、まだ病院に入院していたときだった。夢では私たちは事故になど遭っておらず、安楽な暮らしをつづけていた。エマちゃんは私の子宮で健やかに成長していて、私はマタニティヨガを習いながら、ジムのオフィスで慣れない事務仕事を頑張ってこなしている。タカシさんは朝は「桜坂」を歌いながら掃除機を掛け、疲れているはずなのに帰りがけに買い物をしてきてくれたり洗濯物を畳んだり、私のお腹を愛しそうに撫でたり……。

毎晩のように私は家族の夢を見た。現実は辛いことばかりだった。私は車椅子にも乗れずに寝たきりだったから、葬儀はおろか、タカシさんの亡骸を目にすることさえ叶わなかった。

「見ない方がいいんですよ。元気なときの姿を憶えていてあげてください」

義父は私にそう言った。義母は遺体と対面した後、ショックで寝ついてしまったそうだ。

エマちゃんについても同じだ。医師から「どうしようもない状態だった」とは聞かされた。

妊娠七ヶ月の胎児は、味覚、聴覚、嗅覚を備えていて、光の明暗もわかる。二の腕やふくらはぎの筋肉がついて、すでに人間の格好をしている。エコーで見た最後のエマちゃんの顔は、丸いおでことツンと尖った鼻先が特徴的だった。

やがて夢の中では月が満ちて、私は出産した。エマちゃんは元気に産声をあげて、出産に立ち会ったタカシさんはボロボロ泣いていた。陣痛から三時間で生まれ、痛かったが、あれでも安産なのだそうだ。マタニティヨガの成果かもしれない。

入院から四ヶ月経ち、私はリハビリ病棟に移った。夢のエマちゃんはお乳をよく飲む。母乳の出が良い。体形が元に戻るか心配だし、今後のことを考えると早く仕事に復帰しなければと焦ってしまうが、とりあえずエマちゃんは可愛い。タカシさんは良い父親になりそう。「もっと稼げるようになりたいから頑張る」と言って、急に英語を猛勉強しはじめた。

私は奇跡的に生き延びたのだそうだ。さらに、これも驚くべきことらしいが、事故から一年後、片手で杖をつきながら二本の足で歩けるようになった。

家に戻ってこいと言う母を説き伏せて、病院のそばにアパートを借りてもらい、退院と同時に入居した。母に甘えてしまうのが厭だったのと、夢での家族三人の生活に濃密に浸りたかったのだ。本当は元いたマンションに戻りたかったが、タカシさんの両親によって引き払われた後だった。

そのうち三年が経った。

——エマちゃんは元気に保育園に通っている。近々、ピアノの教室と英会話の塾に通わせはじめることにした。マタニティヨガ教室は好評で、お給料が上がった。タカシさんも社内で何かの試験に合格したとかで、少し出世した。私たちの目下の悩みは仕事と家事育児の両立だ。

——母にエマちゃんの送り迎えをしてもらうようになって、だいぶ楽になった。でもタカシさんは内心では嫌がっているみたい。母が下谷の家に帰ると「桜坂」を歌いだすのだが、私に対する厭味のつもりではなさそう。無意識にやっている。母と反りが合わないのだ。

現実の私は杖が手放せず、ジムに復帰することは諦めて、近所の学校法人で事務職に就いた。一生結婚することはないだろうと思い、誰にも知られず、夢で進行している家庭生活に耽溺していた。

ところが四十三歳のとき、勤め先の講師からプロポーズされて受け容れたのだった。

エマちゃんは自立精神旺盛な十五歳で、あまり手が掛からない。タカシさんは会社役員になれたのはいいが、多忙を極めていて、私とは擦れ違いがちだった。

だから、ふと魔が差した。

講師は五十歳で、子どもを持ちたいとは思っておらず、なんならセックスもしてもしなくてもいいみたいなことを言っていた。晩年を共にするパートナーが欲しいとのこと。

健康な女性がそんなことを言われたら、この男は老後の介護要員を確保したいのかなと疑うところかもしれないが、残念なことに私は身体障碍者で、事故の後遺症で脚が悪いし、腎機能も肝臓も弱い。私の方が彼より早く介護を必要とする身になりそうだった。

夢の私は体に傷痕もなくてきれいだが、実際の私は……無事だったのは顔と両手だけというありさまで、こんな女と結婚しようとは酔狂な男もいるものだと呆れた。

彼とは、職員を集めての懇親会と慰安旅行の際に会話したことがある程度で、学校で顔を合わせることはあっても、特別に親しかったわけではなかった。

とりあえず少しお付き合いしましょう、ということになって、ランチや夕飯を一緒に食べに行き、二、三回、上野恩賜公園や浅草でデートをした後、母に会わせた。

父は前年に亡くなっていた。母は、もしも結婚したら一緒に暮らさないかと言ってきたけれど、彼の気が進まなそうだったので、私から断った。

私が定期的に通院していることを知っていた彼は、病院の近くにマンションを借りてくれた。入籍して、そこで一緒に暮らしはじめた。

——彼が「桜坂」を鼻唄で歌うようになり、エマちゃんが此の世に姿を現すまで、一週間もかからなかった。

始まったときは、あまりの自然さに、うっかり受け容れてしまいそうになった。

一緒に暮らしはじめて四日目の朝、私は朝寝坊をして、コーヒーの香りで目を覚ました。

起きてダイニングキッチンに行くと、トーストとハムエッグが皿に載り、食事の準備が整っていて、エマちゃんがテーブルでサラダを取り分けていた。

「遅いよ、お母さん。遅刻しちゃうぞ？　って、私がいちばんヤバイんだけど」

鼻唄で「桜坂」を歌いながらコーヒーを注いでいた夫が、歌うのを止めて「おはよう」と私に笑いかけた。

つい、「おはよう」と返してから異変に気づき、杖を倒しそうになった。

「どしたの？」とエマちゃんが目を丸くして私を見た。私の母校でもある、近くの都立高校の制服がよく似合っている。

「……お母さんを見て。何か気づかない？」私は震え声でエマちゃんに訊ねた。

「んー？」とエマちゃんは無邪気そうに首を傾げて私の全身を——腰から脚にかけて

歪に変形し、家の中でも杖をついている──観察した。

「知ってたよ?」

「……え? 何を?」

「こっちでお母さんがどうなってるか、私もお父さんも知ってたよ。ねえ、お父さん」

話を振られた夫が、「うん。心配してたけど、うまくやってると思う。お母さんは偉いよ」とエマちゃんに答えた。

五十歳の講師ではなく、まだ四十代で会社員のタカシさんのように。

いや、これはタカシさんそのものだ。彼が夫に憑依しているのだ。

「やめて! この人には、この人の生活があるの。タカシさん、エマちゃん、あなたたちのことは大好きだけど、こんなことしちゃ駄目だよ!」

「どうして? ずっと三人で暮らしてきたじゃないか……」

「それは私の夢の中だけでしょう?」

「本当にそう思うの?」とエマちゃんが不満そうにした。「違ったらどうなるの?」

私は絶句した。わからなかったのだ。エマちゃんに実体があるはずがない。

──これは全部、幻覚に決まっている!

そう思った直後、いきなりタカシさんに側頭部を殴られて、真っ赤な色が目の奥に瞬いた。

「大丈夫？」

助け起こされて、床にへたり込んでいたことがわかった。労わってくれたのは、タカシさんではない、本来の夫だった。

「急にしゃがみこんだからビックリしたよ」

食卓には二人分の朝食が並び、コーヒーではなく紅茶が薫っていた。私は事故の後遺症でカフェインが駄目になっていたし、夫も紅茶派だった。

――こういうことが頻繁に起きた。

やがて夫自身も怪異に気がつきはじめた。

「昨日、この部屋で女子高生の幽霊を見たんだよ」

きっとエマちゃんだ。しかし、夫にどこから説明したらいいのかわからない……。

「信じられないよね？」

「ううん。信じる。どんな子だった？」

「怖かった。凄い目つきで僕を睨んでた。昨夜、帰ったら、リビングのソファに座っててね。電気を点けたら消えた。本当だよ？　君はもう眠ってたから起こさなかったけど……」

――昨夜はタカシさんとエマちゃんの夢は見なかった。

「それに、それからすぐに寝る支度をしてベッドに横になったはずなのに、今朝になったら二日酔い気味で、おかしなことに買い置きしておいたワインの瓶が空になってるんだ！」

「それ、私のせいよ」

「え？　あのワイン、きみが飲んだの？」

「ううん。そうじゃなくて……。私といると、そのうち良くないことが起きると思う。私たち、別れた方がいいかもしれない！」

「何を言いだすんだ！」

あたりまえだが夫は納得せず、困惑していた。

長い時間をかけて少しずつ説明し、わかってもらうしかなかった。

そして夫が理解した頃には実害が出ていた。

夫が講義で使う本やプリントをタカシさんが隠したり、エマちゃんが頻々と現れて夫を脅し、慢性的な寝不足に陥らせたり……。

こうして、一年に満たない短い結婚生活は終了した。

夫は異動願いを出し、離婚から間もなく、他県の支部に移っていった。

彼女は、「母と暮らしだすと、再び同じことが起きたんです」と私に話した。

五十一歳か二歳。私より一学年下の、片脚が少し不自由な女性だ。

下谷神社にお詣りしてから、近くのコーヒーショップに入って、お話を聴かせてもらった。彼女は紅茶とケーキを注文し、「本当は紅茶も私の体には良くないらしいんですけど、ケーキにジュースは合いませんよね」と笑顔を見せた。

「お母さんの前にもタカシさんとエマちゃんが現れたんですね？」

「ええ。母は、家に神主さんを呼んでお祓いをしてもらおうと私を説得にかかりました。私が躊躇していると、ひとりで神社に行ってお祓いを受けて……それだけじゃなく、お寺さんからお札を貰ってきたこともありました。きっと信じちゃもらえないと思って、警察には言いませんでしたが、そんなふうに神仏に頼んで彼らを消そうとしたから、復讐されたんだと思います」

愛する者たちが母を殺す。そんな残酷なことがあるだろうか。

彼女は淡々と話したが、私には受け容れがたい話だった。

「そうでしょうか？　うっかり足を滑らせて階段から落ちたと考えた方がいいのではありませんか？」

彼女は迷わず「いいえ」と否定して、暗い笑みを浮かべた。

「母の死の後すぐに、私は神社でお祓いを受けました。そうしたら、途端にエマちゃんたちの夢を見なくなりました。これがどういうことか、わかりますか？　つまり私が二人を本当の意味で彼の世に送ったんですよ。ひどいですよね」

「……でも、あなたのお母さんもお祓いしてもらっていたんですよね？」

「母には彼らを送ることが出来ませんでした。タカシさんとエマちゃんは私に執着していたので、私だけに祓うことを許したのでしょう」

執着と未練が引き合う、愛憎の地獄だ。

「お祓いを受けたのは下谷神社で？」

「ええ、諸災祓除の御祈禱を。そうだ、川奈さんはこのあと青山にお帰りに？」

「はい。そのつもりです」

「青山霊園の近くにお住まいだと、ご著作にありましたけど」

「そうなんです。すぐ近所のマンションに」

「じゃあ、青山霊園までご一緒してもいいですか？　タカシさんのお墓参りをしたいので」

「もちろん構いませんよ。タクシーで行きましょう」

「そんな、気を遣ってくださらなくても……。電車でも大丈夫ですよ」

「いいえ、最初からそのつもりだったんです！」

嘘ではない。私は、青山霊園と谷中をタクシーで往復したら谷中の幽霊娘を青山墓地に連れ帰ることになりはすまいかと愚考していたのだ。

そこで、谷中で幽霊娘の家を探したら結局お寺に着いてしまった話をしたところ、これが存外にウケて、彼女は声をあげて笑った。

私は調子に乗り、タクシーの中でも、引き続き青山墓地のタクシー幽霊について彼女に話した。

すると運転手が聞き耳を立てていたらしく、「さっきから怖い話をしていらっしゃいますね」と割り込んできた。

「自分は一度もありませんが、同僚には見たのがいますよ。道端で手を挙げてる人がいたから停車して、後ろのドアを開けたらいつまで経っても乗ってこない。あれぇ？おかしいなぁ……と思って車を降りてみたら、花束が置かれていたんですって。『交通事故で亡くなった人が家に帰りたがっていたんだろう』なぁんて言ってました」

――家に帰りたがる幽霊は、どうやら珍しくないようだ。

【猿若町から小塚原へ】

墓地の小径をそぞろ歩きながら、ふと思いついて白い彼岸花の話をした。

「暗くなってからこんなところを歩くなんて、勇気がありますね」と下谷の人は呆れて笑い、自分も白い彼岸花を見たことがあると言った。

「隅田公園で。赤いのに紛れて咲いてました。シロバナマンジュシャゲというそうですよ」

台東区立隅田公園は、隅田川の両岸にまたがっており、浅草側には児童公園やアスレチックが、対岸のスカイツリー側には日本庭園や神社などがあり、どちらも植栽が豊富で、ことに桜と紫陽花が満開になる時季には見物客が詰めかける。

私も何度も訪ねたことがあるが、彼岸花には気づかなかった。

彼女と青山霊園で別れた数日後、隅田公園の浅草側に行ってみたところ、時季がずれていたのか、残念ながら彼岸花は見られなかった。

空振りだったとわかると、にわかに、自分はなぜ浅草に来たんだろうと不思議になった。

白い彼岸花に取り憑かれている？　咲いているかもしれないと思ったら、衝動的に体が動いてしまったのだ。

せっかくだからと隅田河畔を散策してみた。

浅草六丁目の辺りで、「旧　浅草猿若町」と書かれた灯籠形の標識が目に留まった。

時代小説などで再三見たことのある「猿若」の二文字。旧町名であることは知っていたが、町中を改めて観察すると、あるわあるわ……。

猿若三座や猿若町を紹介する案内看板などが、浅草六丁目の随所に置かれている。

浅草猿若町はかつて一丁目から三丁目まであり、現在の浅草六丁目のだいたい南半分が相当する。町名が消されたのは一九六六年だから、そう昔のことではない。

猿若の二字を記した看板の類を見ると、この町の成り立ちを解説するものが多い。

猿若町は、老中・水野忠邦の命を受け、天保の改革の一環として江戸中の芝居小屋を強制的に集めてこしらえられた町だ。

幕末や明治の古地図を調べると、猿若町の隣に、町境を通る市電線路と今は暗渠になった山谷堀と隅田川に囲まれた「聖天町」という冗談みたいに小さな町が見つけられる。

この聖天町、天保の改革以前は広かった。というのも、猿若町は聖天町に造られたからだ。つまり猿若町になり損ねた部分が中州状に残ったのだ。

元の聖天町は辺鄙な場所だったそうだが、大半が芝居の町・猿若町に生まれ変わって、栄華の時代を迎えた。

天保の改革の主眼は、風紀の乱れを取り締まり、大衆文化を幕府の管理下に置くことだったから、奉行所は、猿若町の外での歌舞伎興行は規制された。

さらに、奉行所は、猿若町の外周に掘割を巡らしたうえで出入り口の木戸を設けて、夜間の出入りも禁じた。

猿若町の町内に於いても、さまざまな制約があった。

たとえば、奉行所に歌舞伎興行を許可された「江戸三座」以外の芝居小屋は、舞台装置や屋根を付けることを禁じられ、客寄せの大太鼓を打つこともできなかった。

歌川広重の『東都名所　芝居町繁榮之圖』には、往時の盛況ぶりと共に、中村座・市村座・河原崎座の三座の幟が見てとれる。

河原崎座は経営不振に陥った森田座（十一世から守田に改姓）の代打ち（控櫓）で、正式には中村・市村・森田が三座だった。

厳しく管理した結果、かえって活況となったのは、風俗粛正を志した水野忠邦にとっては皮肉なことだったに違いない。

一ヶ所に封じ込めた結果、その内部で爛熟が進んで、一種のテーマパーク化を果たした点が吉原と似ている。

事実、吉原に江戸の男たちが吸い寄せられた如く、猿若町に惹きつけられる女たちも誠に多かったと聞く。

「浅草は意馬心猿の道と町」という古川柳がある。意馬心猿とは、煩悩や情欲のために心の乱れを抑えがたいこと。

浅草の馬道は吉原に通じ、猿若町があることから、こんな句が詠まれた。

また、古典落語にたまに出てくる言葉に「芝居蒟蒻芋南瓜」というのもある。江戸の女の好物を並べた戯れ語だとか。

――猿若町では、女の役者買い、つまり役者の売春も横行していた。

当然のこと、吉原で瘡毒を得たり散財して身上を潰したりと人生をしくじる男がいたように、猿若町で人生を棒に振る女もいた。

大奥の御女中ですら例外ではなかった。

官許の芝居小屋には、山村座を加えた「江戸四座」だった時期がある。

江戸城大奥御年寄・江島が山村座の役者・生島新五郎に入れ込んだことから結果的に大奥と山村座の関係者千数百人が処罰された「江島生島事件」。この事件のせいで山村座は廃座され、江島は幽閉、生島は島流しになった。

しかし、それからも猿若町を舞台とした情痴がらみの事件は止まなかった。

明治四年には、猿若町の妾宅に住まう元芸者が役者買いに溺れた挙句、主人を毒殺した。

犯人の原田（はらだ）キヌは天性の美貌（びぼう）の持ち主で、一説によれば辞世の句「夜嵐のさめてあとなし花の夢」を残したと言われたことから、「夜嵐おきぬ」と呼ばれるようになり、明くる年の七月（西暦八月）に小塚原（こづかはら）刑場の花と散るや、たちまち幾つもの小説や戯曲、映画の題材にされた。

たとえば、処刑からわずか六年後（明治十一年）に発売された、絵草子『夜嵐阿衣（よあらしおきぬ）花廼仇夢（はなのあだゆめ）』。

全五編、一編につき上中下または上下巻がある長編で、これを調べてみたところ、最終巻である五編下巻の晒（さら）し首の場面に「夜嵐のさめてあとなし花の夢」の記述が確かにあった。

また、この絵草子『夜嵐阿衣花廼仇夢』は、さきがけ新聞の大人気連載「夜嵐おきぬ物語」をまとめたものだという。

しかし、同様の読み物を連載した新聞は、さきがけ新聞の他にも複数あった。

同紙の連載が最も人気を集めたというだけで、似たり寄ったりの夜嵐おきぬネタがたくさん書かれていたのだ。

そもそも当時は、悪女として名高い女を取り上げた読み物や芝居――いわゆる「毒婦もの」が、大衆文化の一角に場所を得ていた。

毒婦ものは、事実よりもエログロ描写や面白おかしさに主眼を置いた。

このことから、『夜嵐阿衣花廼仇夢』にも、創作された部分があると推測される。

まずもって武士でもない一介の女が、首を刎ねられる間際に悠々と辞世の句を詠むというのが不自然だ。

それ以外にも、巷説によるところの夜嵐おきぬ像には眉唾なところが多々見受けられる。

生育歴も、読み物によって漁師の娘だったり武家の娘だったり、手品を仕込まれた姉妹の片割れだとか浅草の小間物屋で働いていたとか、バリエーションが豊富にある。芸者だったことと金貸しの妾に納まっていたことだけは事実だが、それ以外は嘘を書き放題だったようだ。

実像に肉薄したと思われるのは、今のところ、三十五年に及ぶ調査を経て書かれた宮下忠子先生の『原田キヌ考』がいちばんだと私は思う。

宮下忠子先生は、明治維新後の混乱する世情と、過渡期の刑法が生んだ女性差別事件としてこの事件を解釈している。

そして原田キヌは冤罪で処刑されたとする仮説を立てたうえで、「おキヌ語り」という告白小説をこの本の中で書かれた。

主人を毒殺したのか、しなかったのか。

状況は彼女に不利だ。

彼女と愛人は、当時は処罰の対象になる不義密通の罪を犯していた。

愛人は五歳下の新進気鋭の歌舞伎役者で、彼女は大金を貢いでいた。

彼女は親子ほども歳の違う主に妾として囲われていた。

維新後の新律綱領により、妾は妻と同じ二親等扱いになったため、主の死後は多額の財産を相続できた可能性が高い。

主は急死して、科学的な検死ができる時代ではなかった。

無味無臭の石見銀山鼠獲りを筆頭に、致死性の毒物が容易に手に入った。

女はか弱くて、悪人にはなりえない？

そんなことはないだろう。

原田キヌを取り巻く事情と時代背景を鑑みながら、私は、「もしも私が彼女だったら？」と想像を膨らませることを止められなかった。

私が夜嵐おきぬなら、事件はこのような経緯を辿ったのではないか……。


――――――――――――

「伊三さん、近頃、大きな鼠が出るのよ。肥った体で台所をウロチョロするんだから、嫌らしいったらないわ。お願いだから石見銀山を買ってきておくれでないか」

深見伊三郎は「よござんすが、お急ぎですかい」と上目遣いに表情を探ってきた。

無心を装うことには慣れている。璃鶴さんと濡れ紅葉を踏み荒らすように激しく交わった半刻後に、旦那に「今日はどこへ出掛けていたのか」と詰問されることもしばしばある日々の中で、生来の嘘つきに磨きがかかった。

伊三郎は璃鶴さんの送り者で、主人の嵐璃鶴の行状をそこそこ把握しているはず。心ない町の噂に胸を痛めているのかもしれない。

なにしろ伊三郎は、私を璃鶴さんに引き合わせた張本人なのだから。

私の方では、すでに伊三郎を共犯者のように思っている。

「そんな目でじぃっと見られたら、俺まで魂を持ってかれそうだ。買ってきますよ」

「ありがとうよ。急いどくれ。私が留守にしてたら、おいせに渡しておいて」

鯔背な細縞を着た伊三郎の背中を見送ると、すぐに奥へ行って上等な柔らか物に着替えた。これから璃鶴さんに会うのだ。二十八の元芸者、囲われ物の海千山千が、五つも年下の役者に乙女のように胸弾ませている。

役者買いなんかじゃない。璃鶴さんは特別。

彼の子が欲しいと思ったとき、旦那を排すると心に決めた。

すでに孕んでいる可能性もある。だったら急がなければならない。お腹が目立ってきたら、旦那の前で白を切れなくなる。

旦那は未だに脂ぎった欲情を向けてくるし、嫉妬深くもあるが、老人と呼んでもいいような歳で、忙しい金貸し業の合間を盗んでこの妾宅に通うものの、せいぜい週に二日か三日といったところ。

もしも赤子を宿してしまったら、私の旦那、小林金平の種でないことは、誰でも察しがつく。璃鶴さんと一緒に不義密通の罪に問われることになってしまうだろう。

……旦那を殺らないわけには済まなくなった。

上等の舶来別珍の羽織を肩に引っ掛け、粋な黒塗りの相三味下駄を鳴らして往来を歩く私という女が、こんな物騒な考えを懐に隠しているとは、芝居の目利きぞろいの下町でも誰にも思いもよらなかろう。

大年増になっても、通りすぎざまにおこそ頭巾に包まれたこの顔を覗き込んで息を呑む連中の多いこと。

誰も彼も、私の器量だけに惚れるのだ。

こんな女の胸の内になんぞ、誰も見向きもしやしない。

「璃鶴さん、いるかい？」

家に忍んでいくと、璃鶴さんは、さも待ちかねたという態度で私を中に引き入れて戸を立てた。

手首を摑んだ掌が冷たく乾いていること、指が長く爪が清潔なこと。

璃鶴さんの肌も肉付きも骨組みも目ん玉も舌も、何もかもが好ましく、閨房を連想させられてしまう。

「大丈夫なのかい、璃鶴さん。年の瀬だもの、忙しいんだろう？」

「そっちから都合つけさせといて、後から心配するもんやない」

江戸弁に慣れた私の耳には円かに響く上方訛り。璃鶴さんといると、私がまだ訪ねたことのない大坂の幻が書き割りみたいに浮かんでくる。

「おキヌさんは悪い人や。あたしを申し訳なくさせよる。その癖、嫌わせてもくれへん……」

「どうか嫌わないでおくれよ。お金のことなら気にしないでおくれでないか。璃鶴さんとは想い想われる仲なんだから、あんたを買ってるつもりは、最初からこれっぱかしもないよ。お願いだから、私と一緒になっておくれ」

「そうなれば、あたしも嬉しい。どうにかしたいのは山々やけど、旦那さんがおる」

璃鶴さんは途方に暮れた表情で嘆いた。

「そこは任せて。策を考えたから、心配しなさんな」

「そうかぁ？　でも」とまだ愚図々々いう唇を接吻で塞いで押し倒し、慌ただしく裾を捲ると、「寒いやないか」と私の色はくすぐったそうに笑った。

その明くる日は晦日だった。宵の口、正月らしく着飾って、酒と肴をおいせと用意して待っていると、旦那の金平が訪れた。

風呂敷包を提げて、この寒いのに、月代が汗ばんでいる。

「晦日の日が暮れてようやく観念して、返してくる連中が多くて困りますよ」と言って、風呂敷を解いて私に中身を見せた。山盛りの粒銀と汚らしい官製紙幣が数枚、小判二百両とバラの数枚が布の上に広がった。

「旦那、不用心にも程があります」と、これから自分がすることを一瞬忘れて私は呆れた。

「何、大した額じゃない。粒銀ばっかりで……。そら、これが十年と少し前に出来た万延小判。こっちの古いのと比べると小さいでしょう。持ってごらん、軽いから。こっちは太政官札。こいつは本物だよ。なにか、来年はまた新種の金貨が造られるそうで、そうでなくとも偽造紙幣、偽造金貨が出回っているのに、敵いませんよ……。どれ、おキヌ、顔を見せてごらん。……近頃ますます磨きがかかったようじゃないか」

そう言いながら、右手で私の左の半面を包み、親指の腹で肌の感触を味わっている。

旦那の手は金気と脂の臭いがした。長年の金貸し稼業で、無数の人の手垢にまみれた銭の臭いが染みついているのだ。

私は首を後ろに退いて、旦那から逃れた。

「先にお着替えをなさいますか。ご酒とご馳走がたんとありますよ。それに、おいせがお蕎麦を買ってきてくれましたから、三人でパーッと年を越しましょう」

「おお、そうかそうか。まずはお手水を済ませてくるとしよう」

「おいせさん、お燗をつけてきておくれ」

「あい、すぐに」

ひとりになった隙に、私は帯に隠していた殺鼠剤を旦那の料理とかけ蕎麦にたっぷりと溶き混ぜた。少し残して、すぐに逝かなかった場合に備える。

何喰わぬ顔して待っていると、旦那が褞袍を着て戻ってきた。おいせが熱燗を旦那の猪口に注ぎ、「おキヌさんも」と私にも注ごうとする。

酔っぱらって仕損じてはいけない。

「おまえも飲りなさい」と旦那に促されて、仕方なくチロリと酒を舐めた。

「まあ美味しい！　おいせさんもどうぞ」

ささやかな酒宴が始まり、いよいよ旦那が料理に箸をつけた。石見銀山鼠獲りは無味無臭だと聞く。なるほど、旦那はまったく気がつかないようすで、見ていて気持ちいいほど軽快に、次々腹の中へ毒もろとも収めていく。

「どれも佳いお味です。いくらでも入りそうだよ」

「あらあら……。遠慮なく召し上がってくださいな」

――旦那が苦しみだしたのは除夜の鐘が鳴り終え、残響が夜の中を遠ざかりはじめた頃だった。

突然、両手で腹を押さえ、小さな声で「痛い」と呟いたのが始まりだった。

「どうしました？」と私は表情に気をつけながら声をかけた。

「うん。腹が差し込んで、胸も焼ける。もどしそうだ……」と呻くように訴えた直後に、ゲエッと吐いた。

「すまぬ……これは辛い。水を……」

「おいせさん、常盤木先生を呼んできてちょうだい！　旦那さまが急の病よ！」

おいせが青くなって表に飛び出した。私は土間に下りて、汲み置きした甕の水を柄杓で掬うと、それにも毒を振り入れた。

「はい、どうぞ」

旦那の顔も手も血の気が失せて、早くも死相が現れていた。濡れ布巾で吐いた汚れを優しく拭ってやり、寝間に手を引いて連れていく。

「おキヌ、すまないね。また吐きそうだ」

「今、盥と拭くものを持ってきます。それと、お着替えも。ご自分でお召し物を脱げますか」

「う……うん……なんとかする……」

　毒入りの水差しと杯を持って戻ると、旦那は褌ひとつのみっともない格好で、踏まれた蝦蟇のように悶えていた。

盥を差し出すと激しく嘔吐する。また汚れを拭いてやり、毒の水を飲ませた。寝巻を着せて蒲団を掛ける頃には、意識朦朧として、口がきけなくなっていた。やがておいせがひとりで帰ってきて、旦那のかかりつけ医の常盤木秀庵は明日にならないと来られないと言っていると知らせてくれた。

「困ったわね。でも、しばらく苦しんでたけど、さっきようやく眠ったから、このまようすを見ましょう。私は看病するから、初詣はおいせさんだけでお行きなさいな」

　大晦日から三日おきに常盤木先生は往診して、その都度、薬を処方してくれた。

初めは万能薬として名高い萬金丹で、丸薬だから殺鼠剤の混ぜようがなく、先生が手ずから呑ませたので、見守っているしかなかった。

うっかり治ってしまうのではないかとハラハラしたが、少しも効いたようすがなく、旦那は順調に弱っていった。

　その後、粉薬や煎じ薬が出される度に、少しずつ殺鼠剤を入れた。

普通なら本宅に使いを出して身内に知らせるところだが、金平の旦那は本妻もないのに私を一段下の妾にしたので、本宅には使用人しかいない。

そうだ……そろそろ使用人か取引先が旦那を捜しに来そうなものだ。

しかし、まだ誰も来ない。

可哀想な男。気に留めてあげているのは、私だけだ。

私は、旦那の寝間に忠実な番犬のように控えている。

寝ずの看病をする振りをして……いいえ、実際かいがいしく仕えていると思う。こまめに風を通しても拭いたり取り替えたりしても、次第に吐瀉物と糞尿の臭いがこもっていく中で、心にもない労りや慰めを口にしながら。

旦那は瀕死だが、私も生気をすり減らしている。

耐えられるわけは、死にゆく旦那のようすを眺めることが、今の私の喜びだから。

ほんの十日余りで、旦那の内臓は全部腐ってしまったかのようだった。

煮すぎた芋のように溶け崩れ、上から下から流れ出て、そろそろ空っぽになるに違いない。

なぜって、嵩が半分になるほど旦那は萎れてしまったから。

まだ息があるのが不思議なほど干からびた旦那を見守るのは、本当に痛快だ。

どんなに嫌いだったことか！

抱き寄せられるたびに怖気をふるっていることに少しは勘づいていたようで、あっちの方は小僧並のくせに、嫉妬だけは一人前だった。

挙句の果てには私を打擲することもあったんだから許せない。

囲われ者になったのは、ただ金のため。

旦那に置屋から落籍れたのは、浅はかだった。金で苦労したから、財力に惹かれてしまった。着物を買い漁り、役者買いをして憂さを晴らしていたときは、まだ旦那を我慢できた。

でも、猿若町で璃鶴さんと出逢ってからは、辛くてたまらなくなった。

もしも旦那が、私と璃鶴さんとの逢瀬を見逃してくれたら、こんなことには……。

それとも私を家から叩き出してくれたら……。

八方塞がりで、浮気がバレるのは時間の問題で、うんと追い詰められていたけれど、思い切ってしまえば、全部裏返って清々しい。

世間のあたりまえをガシャンと割って、真っ黒い光が私を照らした。

「旦那、苦しいですか。いっそ今すぐ死にたくなりませんか。私も旦那に組み敷かれるたびに、死にたいって思っておりましたよ」

醜く枯れて逝ってしまえ。

わくわくと胸を躍らせながら、私はそのときを待っている。

早く璃鶴さんと夫婦になって所帯を持ちたい。

――さっさと死んでくださいよ、旦那。

―――――――――――――――――――――――――

日頃から溜(た)めていた反発と鬱憤(うっぷん)を一気に晴らして、上首尾にことが運んだ暁には、旦那の財産を手にしつつ好きな男と一緒になるのだ――と、原田キヌが考えた場合の話がこれだ。

真相は違うかもしれない。キヌは、宮下忠子先生が思ったような封建制と女性差別の被害者だった可能性もあるのだ。

しかし、そうとは限らない。

私には、旦那殺しに走る女の気持ちも理解できる。

明治四年の一月十二日（一八七一年三月二日／明治五年十二月二日まで天保暦を採用していたため、西暦と日付がずれる）深夜もしくは十三日未明に、キヌの旦那である金貸しの小林金平は絶命し、そのとき往診していた町医者・常盤木秀庵が臨終を告げた。

キヌは、使用人のおいせ、妾宅(しょうたく)の家主、嵐璃鶴の送り者（付き人）で芸者時代からの知り合い・深見伊三郎の助けを借りて、金平の湯灌(ゆかん)と通夜を執り行い、十五日（西暦三月五日）に上野の寿昌院で亡骸を葬った。

金平は、妾宅を借りる際に、信頼する人物を家主とキヌを仲介する後見人として立てていた。その人物が、金平の財産をキヌに相続する手続きを取り持った。

キヌは相続した金から、おいせに退職金を払って暇を取らせた。

この頃から、キヌが金平から多額の財産を受け継いだことが町の噂として広まった。

金平の死後もキヌは嵐璃鶴との逢瀬を続け、その後の経緯から逆算すると、一月下旬から二月初旬（西暦三月）の頃に受胎した。

嵐璃鶴とキヌの密通は金平の生前から噂があり、金平の急死、キヌの財産相続、璃鶴の金回りの良さと併せて、誰でも思いつくような悪事の筋立てが世間で囁かれるようになった。

――愛人と共謀して、もしくは単独で、旦那を殺して財産を我が物としたのではないか。

次第に声が高くなる噂に衝き動かされたかのように、「お上」が動いた。

なぜ「お上」と書いたかというと、明治の黎明期だった当時は刑法の整備が出来ておらず、まだ警察組織が存在しなかったからだ。

その頃、東京府（現東京都）の治安は最悪だったが、府内の取締りは薩長と関東諸藩の兵に任されていた。

従って、キヌが捕縛されたのは、金平の死から半年経った七月十日（西暦八月二十五日）だったが、彼女を捕まえたのは警察ではなく、捕縛や取り調べの手順は江戸時代と変わらなかったようだ。

事件の関係者たちは全員、キヌに不利な証言をした。

町医者・常盤木秀庵の供述も、死因不明、石見銀山による毒殺か否かは証明できないが、呑ませることは可能だっただろう……というもので、キヌの助けにはならなかった。

嵐璃鶴もお縄になったと聞いて、キヌはさぞかし絶望したと思われる。

彼女は罪を否認せず、判決は夫殺しの咎により死刑。

そのとき妊娠五ヶ月だったという。

当時、妊娠中に入牢した女は、出産後百日を待って処刑されるきまりになっていた。獄中で出産し、百日間は受刑者が授乳と育児をして、しかる後に子どもは養子に出される。そして、刑を受けるのだ。

キヌは明治四年十一月八日（十二月十九日）に男児を出産した。『原田キヌ考』によれば、この子は力松と名付けられて里親のもとで育ち、成人後に実母・キヌの墓を建てて菩提を弔ったという説があるそうだ。

処刑は小塚原刑場で、翌年の二月二十日（三月二十八日）に行われた。

首切り役は、「人斬り浅右衛門」こと八代目山田浅右衛門。

キヌの首は三日間、晒された。晒し首とも獄門とも梟首ともいうが、あまり知られていないのは、付加刑があったことだ。

梟首になった犯罪者の財産は没収され、亡骸を葬ることも禁じられていたのである。小林金平から相続した財産は、東京府か、もしかすると明治政府の懐に入った。

嵐璃鶴の刑期については諸説ある。

有力なのは三年間の徒刑を経て、明治七年に出獄したというもの。出獄後、二ヶ月足らずで、彼は市川権十郎と改名して、再び歌舞伎舞台へ躍り出る。

璃鶴はやがて座頭として頭角を現し、特に新作歌舞伎を多く演じたが、その中に「夜嵐おきぬ」に類する毒婦物「鳥追お松」があり、彼が演じたのは悪女お松の相方で色悪の大坂吉。

大坂吉は最後に白骨のしゃれこうべになる役だ。璃鶴の胸中や如何に……？

大正六年（一九一七年）に建てられた「原田きぬ子の墓」が、東京都墨田区の牛嶋山福厳寺にあり、これが原田キヌの墓だと伝えられている。施主は岡田喜三郎と刻まれていて、これがキヌの子・力松と同一人物なら、母を墓に弔った当時、四十五歳前後だったことになる。

——旧猿若町こと浅草六丁目を後にして、私は地下鉄を使って帰宅した。

港区で暮らすようになって二十年余りになる。学生時代から都心部で遊んでいたから、都会に慣れてはいたが、住みだしたのは三十を過ぎてからだ。

青山霊園の近くに部屋を借りたのは、十三年前。

子どもを授かるまで足もとが定まらなかった。

まず最初に、池に落ちた木の葉みたいな五年間があった——始まりは、そう、赤坂だった。

第二章　やみゆく女

【赤坂無縁】

ちなみに、打ち首にされた最後の女は、高橋お伝だといわれている。

斬首が行われたのは明治十二年一月三十一日で、亡骸は小塚原回向院に埋葬された。

……が、これが最後の斬首刑だったか否かについては異論もあるようだ。明治十三年七月十七日に斬首を廃止する旧刑法が制定されても、法の施行が始まったのは同十五年で、約三年の移行期間があったためだと思われる。


高橋お伝については万事ドラマティックに話を膨らませられる傾向があるようだ。

最後に打ち首にされた稀代の毒婦。そう認識されている方も多いのではないか。

たしかにお伝は人を殺しはした。何人かの男の間を渡り歩いた。しかしお伝を毒婦に仕立て上げたのは、戯作者・仮名垣魯文と明治政府だ。


明治政府は、女性教育の要であるとして貞節を重んじていた。

そこで話題の事件を起こしたお伝を毒婦に仕立て上げるために、教部省から仮名垣魯文に依頼して『高橋阿伝夜叉譚』を書かせたのだ。

実際のお伝は、最初夫が難病に罹って、治療を受けさせようと故郷である上野国（現在の群馬県）から横浜へ出てきたところから人生の羅針盤を失ってしまっただけの、もしかすると心性は私と変わらない、少し思い切りがいいだけの、ただの女だ。難病の夫を抱え、治療費のために売春までしたが、甲斐なく夫は死亡した。お伝も疲れ果てて病気がちになり、同郷人から紹介された人の家で静養していたところ、そこで男と知り合い、内縁関係になって、二人で茶葉の商売を始める。ところがこの男が大酒飲みの博打うち。商売は頓挫して借金が膨らむ。お伝は、亡姉の夫だった後藤吉蔵に金を貸してくれるように頼む。吉蔵は、おまえを抱かせてくれたら金を貸す、と約束する。

その約束を反故にされ、お伝は吉蔵の喉を剃刀で切り裂いた。

――私には、お伝が剃刀で切り裂いたのは「理不尽」だったと思えるのだ。

田舎から出てきたのも、このままでは夫が助からない「理不尽」に抗ってのことだったし、売春したのも他に大金を稼ぐ手立てがない「理不尽」を解決するためで、借金したのも殺したのも同じ理屈で、状況を打開するために思い切ってしまっただけだろうと……。

私も「理不尽」を切り裂こうとしたことがあるので、なんとなくわかってしまう。

――私は、男を殺そうと思い詰めたことがある。

きっかけは、軽い気持ちで付き合っていた男と二人で受けたビデオメーカーの面接だった。その頃の私は爛れた遊びに嵌っていた。

「ちょっとした悪ふざけ……性的なプレイの一種として、一緒にビデオに出てみない？　とりあえず監督の面接を受けてみようよ」と男に誘われて、悪ノリしたのが運の尽き。

　面接は別に面白くもない単なる話し合いで、「できれば一本撮らせてほしい」「やる気があれば連絡をください」ということで円満にまとまったのだが、その後、男が豹変した。

「絶対に出演しろ。ギャラの七割は俺がもらう。実は他のメーカーにも君の宣伝材料を送ってある。俺がマネジメントするから、これからも話が来たら拒むなよ」

　驚いて断ると、「君の裸の写真を撮ってあるんだ。今の面接も録音した。君のお父さんは○○大学の教授だよね？　それに、旦那さんの籍にまだ入ってるんだろう？」と脅された。

　勝手に撮影日を決められてしまい、その日まで一ヶ月もなかった。

　男は連日、電話やメールで私を脅した。

　撮影前に逃げられては困ると思ったのだろう。

　元々サディストの気がある男だった。遊び相手としてそれも悪くなかったが、嗜虐的なだけでなく、こんなに狡猾で冷酷な奴だとは思いもよらなかった。

彼は私を脅迫しながら、以前にも同様の手口で儲けたことがあると匂わせた。

まるで蛭だ。脅しに屈したら、使い物にならなくなるまで生き血を吸い上げられてしまう。

だから……殺してしまおうと考えた。

他の道が見えなくなって、私は暗闇を突き進んだ。最後の一週間ぐらいは、殺し方を考えるのに夢中だった。

あのとき、新宿駅の雑踏でスカウトマンが声を掛けてこなかったら、本当に殺人犯になっていたかもしれない。

「君、今、僕と目が合ったよね？」

ときに救いの神は、とんだ陳腐な台詞を吐く、胡散臭げな遊び人の姿を取るものなのだ。

一九九九年のその当時流行っていたアラン・ミクリのサングラスを掛けて、ブランド物のブレザーを羽織った細身の男だった。洒落者だがアパレル業界人にしては仄暗い雰囲気を纏っており、ホストにしては老けていて、ヤクザのような剣呑な雰囲気はないがカタギにしては油断ならない剽悍さがあった。

……ようするに何の商売をしているか外見からは見当がつかない三十男だ。

それが、滑るように近づいてきて名刺を差し出した。

名前と肩書は、もう忘れた。名刺の下の方に、「ファッションモデル、グラビアアイドル、AV……etc.」と印刷されていたことだけ憶えている。

私は最後のアルファベット二文字に飛びついた——もしかすると、あいつを殺さなくても済む、と、閃いた瞬間だった。

「変な男からビデオに出てギャラを七割寄越せって脅されてるんです」

その場で私は洗いざらいぶちまけた。スカウトマンは「その男は素人？」と訊ねてきた。

「会社員です。〇〇株式会社の技術者だって言ってました」

「なんだ。そんな素人は電話一本で震えあがって逃げていくよ。でもタダってわけにはいかないかもね？」

そこからは「商談」になった。

——問題の男は、私が面接を受けたビデオメーカーと勝手に話を進めていた。彼を排除するために、スカウトマンが紹介する芸能事務所の力を借りる。

その代わり、私はその芸能事務所と契約を交わし、事務所のマネジメントのもとで、件のビデオメーカーの作品に一本だけ出演する——

「僕は芸能事務所から紹介手数料を貰う。出演料は君と芸能事務所で折半すればいい」私は、この提案を受け容れた。これで話がまとまり、とんとん拍子にことが運んだ。

問題の男には、芸能事務所の社長が、私の目の前で電話を掛けた。

「彼女はうちの事務所に入ることになったから、もう関わらないでいただきたいんですが。面接に行ったメーカーさんとはこちらで話をつけました。聞けばあなたは〇〇〇株式会社に勤めているそうじゃありませんか。本来のお仕事に専念なさったら如何でしょう？　今後、お宅が彼女に連絡を取ったら、ビジネスの話をさせてもらうことになりますよ」

目論見どおり男は退散した。「ビジネスの話」を恐れたのだと思う。

当時の私は歴五年のフリーライターで、雑誌の取材記事やルポルタージュ風の読み物を書くことを職業としており、タレントも性風俗も経験皆無だった。

そんな私が、「ビデオ出演か、殺人犯になるか」を両天秤に掛けて、後者よりは前者の方がマシと判断したのだ。

その前に、「脅迫され搾取されつづける奴隷になるか、殺すか」を天秤に掛けていた。

私は、私を追い詰める「理不尽」は必ず破る。そういう性質なのだ。

もちろん愚かだ。

後になってみれば他にやりようがあったことに気づく。社会人になるときに手堅い会社に就職しなかったときも、最初の結婚に失敗したときも、同じように思い切った選択をしてしまい、時間が経ってから他の方法を思いついたが、手遅れだった。

事実、このときの判断が人生に汚点を作ったと悔やんだことは数知れず。

今の私なら、まずは弁護士に相談する。

もっとも……当時はインターネット文化以前だった。だからこそ軽く考えた節はあると思う。ネットとスマホと実写の組み合わせからは悪いことしか想像できない。新宿駅の雑踏で即決することは、如何(いか)に私が阿呆(あほう)でも出来なかったはずだ。

――うっかり人殺しにならずに済んだとも言える。

私が出演していたのは、三十一歳から三十四歳まで。前世紀末から映像のダウンロード販売が始まるまでの約四年間だ。

好運なことに、一般の映画やテレビドラマの演出経験があるような創作者気質の監督が活躍している時期でもあった。よって、娯楽色の強いドラマ作品が主流で、女優への要求は今より低かった。つまりフィジカルな負担は軽く、尚且(なおか)つ、学芸会レベルの演技力でも許された時代だったのだ。

おまけに紙文化が今のように廃(すた)れていなかったから、大判の写真集がバカ売れし、週刊誌のコラム連載や自伝本の執筆にライターの腕が生かせた。

ポリティカル・コレクトネスはまだ普及しておらず、テレビの深夜番組に出演する機会も多かった。

業界から暴力団が去った穴を半グレが埋める狭間で、カタギの参入が相次いだのも、ちょうどこの頃だ。

「スカウトマンに紹介された芸能事務所の社長は「ビジネスの話」などと強面を装っていたが、実は大卒の元大手アパレル社員で中流家庭出身の常識人だった。出演を無理強いすることもなく、出演料を月々まとめて正しく銀行に振り込み、出版社がライターに送付するのと同じような支払い証明書を私に送って寄越した。

――殺人と天秤に掛けたわりには悪くない。

それがデビュー当時の正直な気持ちだった。

むしろ私は、私生活の方で深刻な問題を抱え込みつつあった。

内縁の妻がいる監督と、恋愛関係に陥ってしまったのだ。

彼と結ばれたのは赤坂プリンスホテルだった。

東日本大震災と前後して閉鎖された通称「赤プリ」のガラス張りのタワーは、世紀末のそのときすでに傷みが目立った。全面改装を施す二年前で、一九八三年に開業した新館は、老いても尚昔年の美貌を容姿に留める大女優のような、優雅さと痛々しさを感じさせた。

フランス政府からレジオンドヌール勲章を授与された「世界のタンゲ」こと丹下健三による設計で、シンプルモダンで優美なデザイナーズ家具を配した客室は全室、コーナールーム。

どの部屋に泊まっても、二面の大窓から景色を一望できる仕組みだった。

「フッフッフ……。オレの街！」

「バカなんじゃないの」

腰にタオルを巻いただけの素っ裸で窓辺に仁王立ちした監督を、私は嗤った。

――一九九九年の夏。

私たちは赤プリのスイートルームで気怠い午後を過ごしていた。めくるめくひとときとやらは最初の一時間で済ましてしまい、あとは惰性で子ども返りしたように裸でふざけあっていたら、いつのまにか空に黄昏が萌した。

「夕食を予約しよう。〝紀尾井〟か〝ブルーガーデニア〟……どっちがいい？」

「洋食の方！　でもルームサービスを頼んで、夜遅くにカクテルラウンジに行きたい」

本物の山手育ちの都会人はすでにお気づきだろう。監督も私も所詮は田舎者で、バブル時代には若すぎて贅沢な遊びに乗りそこね、憧れだけ抱えて三十五歳と三十一歳の遅まきの青春を迎えていた。

赤プリは「バブルごっこ」をするには絶好の場所だった。

最上階ではなかったかもしれないが、四十階の中でもかなり上の方の二間つづきの部屋は監督から私への贈り物で、バブル時代に倣うなら「貢ぎ物」ということになる。

要は、監督は私と自分のことを似た者同士と見做していたのだ。

確かに私たちには薄ぼんやりした共通点があった。

彼は三十歳まで映画やテレビドラマの演出助手や助監督をやっていたが、ひょんなことからこっちの業界に来た人だった。大学の法学部を卒業していて、実家は横浜郊外にあるけれど、生まれ育ったのは大阪だ。

私はと言えば、幼少期は世田谷の公団アパートで、小学四年生からは八王子の中心部から大きく外れた山の麓で育って……長くなるので端折るが、けっこう堅いジャンルの書き物仕事が軌道に乗っていたのに、変なことになっていた。

つまるところ、二人とも根なし草なのだった。

通っていた学校が都心にあったことから、生粋の住人とは違う「おのぼりさん」の感覚を引き摺ったまま、中途半端に東京の街に馴染んでいる点も似通っていた。

スイートルームの窓から赤坂御所の森や赤坂の繁華街を眺めながら、身の丈に合わない豪華なルームサービスを内心首をすくめてボソボソ食べているうちに、森が黒々と沈み、同時に、街が煌びやかな光彩を放ちはじめた。

「わあ、きれい」と私は凡庸きわまる感嘆を呟いた。

監督は、専属契約している制作会社がこの近所だったので、外堀通りから東側一帯に広がる赤坂の飲み屋街に詳しく、「外に飲みに行くのもありだね」と提案した。

赤プリから外に一歩出たら、バブルごっこの夢が醒めてしまうに違いなかった。

実際、それからしばらくして、私は、鼠が走りまわる路地やヤニ臭い澱んだ空気、疲れた顔で客引きをする女たちや破れかぶれの酔っ払いを見てしまうことになったわけだが、そのときは勘が働いて「せっかくだから、止しとく」と応えたのだった。

そういう次第で、最初の赤坂体験は悪いものではなかった。

——数ヶ月後、翌年の一月四日、監督は私を赤坂見附駅前の喫茶店に呼び出した。

クリスマスを一緒に浮かれて過ごしたばかりだが、元日と昨日、二回掛かってきた監督からの電話で、状況が一変したことがわかっていた。

監督には、私の他にも数人、お互いに割り切った関係の女がいた。

しかしながら、惚れているのは私だけだと彼は最初から言っており、私と内縁の妻との関係をどう整理するかで悩んでいるようでもあった。

まさか大晦日に内縁の妻に別れを切り出すとは思いもよらなかったのだが。

元日の午後、監督からの着信に暢気に「あけおめ」と出た私に、「大変なことになった」と彼は聞いたことがないような強張った声で告げた。

「我慢できなくなって、カミさんに打ち明けちゃったんだ。それで『別れてほしい』って言ったら刃物を持ちだして、あんたを殺して私も死ぬって……。刃物は取りあげたけど、カミさんに思いっ切り殴られた」

見張られている、隙を見て電話した、と、監督は早口で話して一方的に電話を切った。

驚いて折り返し電話を掛けると、電話に出た女から罵詈雑言を投げつけられて、慌てて切った。内縁の妻が彼の携帯電話を奪ったのだと察しがついたが、このとき何と言われたかは忘れてしまった。

あまりにも酷いことを言われたので、記憶から抜け落ちてしまったのだ。

次に監督と話したのは一月三日で、「明日会おう」と言われて是非もなく承知した。

監督に指定された喫茶店に早めに着いて待っていると、ほんの数日の間にひとまわり縮んでしまった彼が、海外旅行に行くような大きなスーツケースを転がしながら現れた。

隈が浮いた顔をして、セーターの中で体が泳いでいる。よく見ると片側の顎が腫れあがっていた。

「パスポートや預金通帳、クレジットカードや何か、カミさんに取りあげられてたのを、カミさんがちょっと出てる間に取り返して、逃げ出してきた。……カミさん、昨日は手首を切った。傷は浅くて、救急外来で処置してもらうだけで済んだけど、暴力が止まないんだ。取り敢えず、今夜からホテルに泊まる。一緒に来てくれると嬉しいんだけど……」

物騒な事態になっていることに驚きながら、私は、これも承知してしまった。

離婚してから八王子の実家に出戻っていたので、家に電話をかけ、電話口に出た母に、今夜は外泊すると伝えた。

その晩も監督と赤プリに泊まった。

チェックインの頃には聞きたいことが山積みで、脳が破裂するかというほど疑問符で頭がいっぱいになっていた。

前回のスイートルームより数ランク落ちる低層階の部屋で、苛立ちを抑えつつ、正月の三日間にいったい何があったのか聞かせてもらった。

およその事態を摑むと、私は爆発した。

「どうして私だけ名前を出したのよ！　他に何人も女がいたのに！」

「だって愛してるから」と、愚にもつかないことを監督は述べた。

内縁の妻は、私の実家の住所を探し出して、復讐する気でいるという。

とんでもないことになったものだ。

「ごめん、悪かった。弁護士に相談する」

「あたりまえよ！」

法学部で親しかった同級生が民事専門の弁護士をやっているとのことで、すぐに監督は赤プリの部屋から電話した。「正月早々、悪いんだけど……」と話しはじめる。

彼の横顔に視線を当てながら聞き耳を立てた。事務所が開くのを待って、法律事務所へ行くことが決まった。弁護士は監督に幾つか助言を与えたようだった。

「カミさんの電話には出るな、本気で別れたいなら今後は顔も合わせるな、だって」

私は少しだけ安堵した。

罵られたときの衝撃がまだ残っていたので、彼女との接点をなくせるのが単純にありがたかった。

翌日チェックアウトして、私は実家に帰った。

監督は、専属している制作会社に泊まらせてもらうと話していた。

「忙しいときに泊まったことが何度もあるから問題ないよ」

彼は事態が片付くまで滞在するつもりで、制作会社の人々に事情を説明し、上司の許可も取っていた。

――ところが、そこへ「カミさん」が押し掛けた。

会社のスタッフは、当然、監督を匿う。

すると彼女は激昂して大声で騒ぎはじめた。

制作部長が辛抱強くなだめて帰らせたが、翌日からは友人たちを伴って来るようになったという。その間、監督は息を殺して隠れていたそうだ。

「徒党を組んで詰めかけるなんて、まるでヤクザみたい」と私は驚いた。

「違うよ。悪い人たちじゃないんだけど、みんなカミさんと同じ下町育ちで、仲間意識が強いだけだ。彼らにとって元々僕は余所者(よそ)だし、カミさんより十三歳も年下で、彼女の仲間も年上ばかりだから、僕に説教する気満々なんだ」

それからも、監督の内縁の妻と彼女の取り巻きからの攻撃は執拗(しつよう)さを増して続いた。制作会社への訪問や電話は止まず、私の実家にも怪文書が届いたほか、実家の周囲で不審な車が目撃された。その車の特徴が監督の妻の愛車と一致したので、実家では警察に事情を話して、パトロールを強化してもらった。

制作会社の業務に支障が出るため、社長と制作部長の判断で、監督は赤坂のウィークリーマンションに居場所を移すことになった。

監督は私に、ついてくることを望んだ。

そこで私は、引き留める親を説き伏せて、八王子から赤坂へ引越した。

これが港区を漂流しはじめた発端だ。あのウィークリーマンションが、件(くだん)の「プチエンジェル事件」の舞台になろうとは、このときは知る由もなかった。

——二〇〇三年七月十六日、新聞の朝刊や朝のニュース番組が一斉に、少女四人行方不明事件を報じはじめた。

四人はいずれも小学六年生で同じ小学校の同級生、四人とも保護者から捜索願いが出されており、警察は誘拐の可能性を考えて現在捜査中とのことで、世間の注目を集めた。

報道された事件の経緯はこうだ。

まず、七月十三日深夜に、都下某市に住む小学六年生の女子児童四名の保護者が多摩中央署を訪れて捜索願いを提出した。

失踪したのがいずれも同じ小学校の同級生だったことから、すぐに同署は少女らが通う小学校の生徒や保護者に対して聞き込み調査を開始。するとほどなく、いなくなった少女のうちの一名から「渋谷でアルバイトをしよう」と勧誘されたとする女子同級生の証言が取れた。

さらに、失踪した少女の自宅から怪しげなアルバイトに勧誘する「プチエンジェル」なるグループのチラシが発見された。

そこには、「カラオケ五千円、下着提供一万円、裸体撮影一万円」と記されていた。

しばらく前から渋谷界隈で小中学生の少女を怪しげなアルバイトに勧誘する数人の

女子高生がいるという報告が警察に寄せられており、警視庁では、裏で糸を引いているのは未成年買春容疑で昨年から指名手配中の某だと睨んでいた。某は未成年買春の累犯で、しかも主婦売春組織を運営していたことから警視庁にマークされていた。

売春組織の構築に長けた未成年買春の累犯と、渋谷に集う小中学生を束ねる謎の組織「プチエンジェル」。この二つから、大規模な少女売買春組織の存在が自ずと浮かびあがるではないか……。

警視庁では、指名手配中の某の行方を徹底的に追いはじめた。それまでは家出の可能性を考えていた多摩中央署は、誘拐事件を念頭に置いて、捜査方針を切り替えた。

――すぐに報道合戦が始まって週刊誌も参戦し、マスコミは大いに盛りあがった。

「ねえ、あそこって、私たちがいたウィークリーマンションじゃない？」

「あっ！　本当だ！　うわぁ……」

監督と私はテレビの前に釘付けになった。

画面には、私たちにとって、一種、懐かしくもある茶色い建物が映っていた。

あれから三年半が経過していた。

監督は内縁の妻に損害賠償を請求され、数百万円を支払って示談した。二〇〇三年のこの時点では全額支払い済だった。

私たちは赤坂のウィークリーマンションを一ヶ月余りで退居して、その頃は麻布十番の賃貸マンションで同棲していた。

暮らしが落ち着いてきたところへ飛び込んできたニュースだった。

あの建物で体験したこと、目撃した場面が、止めようもなく脳内で再生されてしまった。

「……あのさ、思うんだけど、私たちがいた頃から、あそこって変だったよね?」

――私が真っ先に脳裏に蘇らせたのは、廊下で三輪車を漕いでいた幼児だ。

三、四歳の男の子が平日の昼間に、延々と三輪車で廊下を往復していた。一月中旬、幼稚園の正月休みはとうに終わっているはずだ。そばに保護者の姿もない。

午後一時頃に近所のコンビニエンスストアに買い物に行くとき見かけて、三十分余りして帰ってきたら、まだ同じ廊下にいる。

部屋に入ってドアを閉めたら、キコキコと三輪車を漕ぐ音が廊下から聞こえてきた。

この建物は、壁や戸板が薄い。全体に安普請で、長期の居住には向かない造りだった。「ウィークリー」と謳っているのだから仕方がないとあきらめているが、キコキコキコキコと耳障りだ。

三輪車は、私の部屋の前から遠ざかったり近づいたりを繰り返した。

小一時間も経つと、薄ら寒い思いがしてきた。

だって、そうだろう？　そろそろ二時間近くにもなる。

その間ずっと無言で廊下を往復しているのだ。あんな小さな子どもが、三輪車で。

私は我慢ができなくなり、ドアを開けて廊下に出てみた。

三輪車の子は私を見て、キコッ……と、漕ぐのを止めた。

よくよく見れば、幼い子どもにしては妙に黄ばんだ顔色をしていた。汚れた白ともベージュともつかない、くたびれたジャージ上下を着ており、一月だというのに素足にサンダル。頬の肉づきが悪くて、明らかに痩せている。

そんな子どもが、白っちゃけた唇を半開きにした虚無の表情で、穴のような眼を私に向けていた。

不気味な子、と、思わず後退りしそうになるのをこらえて、「何してるの？　おうちはどこ？」と私は訊ねた。

子どもは私の質問に答えずに、Uターンして廊下を遠ざかっていった。

後ろを向いたお尻の辺りが汚れて、黒と茶色の斑になっていた。まさかとは思うが、大便を漏らしたのではないか……。

どう見ても普通じゃない。虐待やネグレクトが疑われるようすだ。

咄嗟（とっさ）に、警察か児童相談所に通報すべきだと思ったが……。

監督は、制作部長の免許証と名前などを用いて、このウィークリーマンションを借りていた。制作部長は好意から名前を貸してくれたのだが、他人の身分で賃貸契約を結んで入居するのは違法なことだろう。

しかも私は無届で同居していた。これはウィークリーマンションの規約に明らかに反する。

偽名の借り主と、存在するはずのない同居人。それが今の監督と私だ。

警察などと関わりあうのは賢明ではなかった。うしろめたさを覚えつつ、私は通報を断念した。

キコキコと三輪車を漕ぐ音がし続ければ、罪悪感に耐え切れずに何か手立てを考えたかもしれない。しかし、その日はそれだけで、もう聞こえてこなかった。

けれども、二、三日すると、再びあの音がしてきた。

こんどは黄昏（たそがれ）どきで、廊下の冷え込みはさぞかし……と心配になった。

そこでまた部屋から出てみると、五メートルほど離れたところにあの子がいた。

子どもは私に背を向けていた。同じジャージを着ている。みすぼらしい格好で髪が短いから、一見すると男の子のようだが、どうだろう？　とても華奢（きゃしゃ）な骨格をしている。ひょっとすると、女の子なのではないか。

その肩の薄さ、首の頼りなさに、胸が締めつけられた。

「ねえ！」と私は声を張りあげた。「おうちは、どこなの？　寒いよ。家に帰りなさい」

子どもは私を振り向き、やはり無表情ではあったが、明らかに意思を示すようすで口を開いた。そして声を発したのであるが。

「×××！　×××……」

知らない外国語だった。

私は通じないことに絶望しながら、せめてこの子の家の人に聞こえればいいと思い、最後に一言、「うちに帰りなさい！」と大声で怒鳴って、部屋に引っ込んだ。

すると、どこか遠くで「×××！」と子どもが発したのと同じ響きの声がして、前後してドアが開閉するような音も聞こえてきた。

だから、きっとあの子は部屋に入れてもらえたんだろうと想像して、少し安堵したのだった。

けれども一週間ぐらいして、再びキコキコ……が聞こえてきたので、私の胸は「ああ、またか」と暗くなった。

今度は日没後だったので余計に切ない。

ここの廊下は、隔壁の上部が外に開放していて、外気温と温度が変わらない。

時刻は午後八時頃で、赤坂の街が最も華やかになる時分だが、この建物がある路地に商店は花屋しかなく、遠い喧噪の潮騒が伝わってくるほかは、ごく静かだった。

キコキコキコキコキコ……。

三輪車の音が私がいる部屋のドアに近づいてくる。私は意を決して立ちあがった。

——身振り手振りで、どうにかして対話しよう。部屋に戻らせなくては、凍えてしまう。

音が真ん前に来た瞬間を狙って、私はそっとドアを開けた。

虚ろなサドルの赤いビニールクロスが、玄関の明かりをヌラッと照り返した。

三輪車は空で、廊下の左右を見渡しても子どもの姿は見えなかった。

私は部屋の前にこれがあることには耐えられないと思い、嫌で仕方なかったが、三輪車のハンドルを持って廊下の隅まで押していった。

それからは、ひとりで部屋にいるときは、なるべくイヤホンをして音楽を聴くか、テレビを点けるかするように心掛けて、廊下の音に神経が向かないように気をつけた。

「週刊誌を買ってきた。プチエンジェル事件の続報が載ってるみたいだよ」

件の事件について、監督と私は、世間の標準よりも高い関心を寄せていた。

何しろ自分たちが滞在した建物で起きた事件だ。

しかも自殺したとされる容疑者の某も、かつての監督と同じように、別の人物名義で部屋を借りていたとのことだから……。

「嫌だなぁ」と、これを知ったとき監督は眉間に皺を寄せていた。

「まるで、その容疑者と同類みたいじゃないか」

「ようするに管理が杜撰だったってことよね。怪しい人たちをよく見かけたもの」

私は「怪しい人たち」に自分たちも入っていたことをちゃっかり忘れて、こんなことを述べた。

「職業不詳で胡散くさい輩が昼からロビーやランドリールームにたむろしてたじゃない。幼稚園や小学校に行っていなそうな子どもたちもいたし……。あと、これがいちばん気味が悪いことなんだけど、日本人の小中学生の女の子たちを建物の中で何度か見かけたのよ」

「ヤバイじゃないか！　その頃から……やってた……ってことだろう？」

「なんとも言えない。私が見た女の子たちは監禁されている感じじゃなかったから、あそこに一時滞在している家族の子どもたちや、その友だちだったのかもしれないし。でも……」

「でも、何？」

「あの犯人って、銀行預金が三十五億円もあったんだって」

犯人の某は、赤坂のウィークリーマンションをYという男から又借りしていた。

しかし、これははっきりさせておかなければならないと思う。

Yが事件現場になった部屋を借りたのは二〇〇三年七月十一日だから、某が、私と監督が滞在していた二〇〇〇年からずっとあそこを利用していたという証拠は何もないのだ。

ただ、あの建物では又貸し・又借りが日常的に行われていたことが自分たちの経験を基に推測できるし、ウィークリーマンションというものは一時滞在を目的としたものなので、某が必要に応じてときどき借りていたという可能性は拭（ぬぐ）えないと私は思う。

某が生きて逮捕されていたら、さまざまな事実が明るみに出たのではないか……。

某は、あの赤坂のウィークリーマンションで遺体で発見された。

七月十七日、赤坂二丁目某の花屋から一一〇番通報があった。隣のウィークリーマンションから裸足（はだし）で逃げてきた少女を保護しているというので、警察官が急行したところ、少女は、自分がいた部屋に友人三人が閉じ込められていると訴えた。

この時点で、十三日から捜索が続けられていた四人の少女が誘拐・監禁されている可能性が濃厚になり、警視庁が乗り出してきたものと思われる。

警察官らが部屋に乗り込むと、2LDKのリビングルームで某はビニールシートと椅子を用いた即席のテントの中で練炭自殺を遂げた後だった。小学六年生の少女三人はアイマスクを着けて手錠を掛けられた状態で、バスルームの横の脱衣場から二人、奥の寝室でひとり、それぞれ発見された。三人はポリタンクや鉄アレイの重しをつけられていたという。

その後の調べで、保護者から捜索願いが出た七月十三日の午前十時に、某と少女四人が渋谷駅西口のモヤイ像前で待ち合わせをしたことなどがわかってきた。

まず、某は少女たちに、「一万円で部屋の掃除をしてほしい」と頼んだようだ。

そしてモヤイ像前に四人が集合すると、二人ずつの二組に分けた。

このとき某には男の連れがいて、某が先に二人の少女とタクシーで赤坂のウィークリーマンションに向かい、連れの男は残りの二人を連れてタクシーで後を追った。

部屋に到着すると、少女四人は掃除を始めたのだが、やがて某が、「ここに来たのはどういう意味かわかってるよね？」と態度を豹変させ、スタンガンで脅しながら少女たちに手錠を掛けた――このとき某の連れの男は何をしていたのか疑問に思う。

その男は某の共犯者なのではないか？

その他にも、少女らが監禁されていた十三日から救出された十七日までの間に、この部屋から男女二人が出てきたところを目撃したとの証言もあった。男は某とは別人で、女はこの男を「社長」と呼んでいたという。

部屋を借りたYも怪しい。少女たちにチラシを配っていた女子高生の存在もあり、大きな犯罪組織が存在するかもしれないと、誰しも考えたはずだ。

某の練炭自殺にも不審な点があると当初マスコミでは報じられていた。某がしたようにビニールシートで作ったテントで練炭を燃やす実験をしたところ、ビニールが熱で溶けてうまくいかず、その方法で自殺するのは容易でないとされたのだ。

それにまた、某は十一日に所有していたフェラーリ二台を売却したのだという。

自死するつもりの人間が、車を金に換えるのは不自然に感じる。逃走資金の足しにするなら理解できるが、すでに三十五億も持っていたことを思うと、それもまた奇妙だ。

今後の捜査で何が掘り起こされるのだろうかと、私は固唾を呑んで見守った。

マスコミも盛んに報道を展開していた。

七月十八日には、某が借りていたアパートに警察が踏み込んだ。日頃は贅沢なホテル住まいをしていたという某が、故郷でも何でもない埼玉県に部屋を借りているというのは如何にも怪しいことで、「アジトが発見された」と興奮気味のニュースが流れた。

おまけに、そこで一〇〇〇本余りのビデオテープと、およそ二〇〇〇名の顧客リストが押収されたと報じられたから、当然、世間は湧きたった。

組織犯罪が暴かれ、小中学生を買春した奴らが引き摺りだされるのではないか、と、誰しも期待した。

ところが、どういうわけか、そこから急に潮目が変わった。

警察は、某が死亡した状況には事件性がなく、事件は某の単独犯だったと発表した。

某の司法解剖は行われず、遺体はただちに火葬された。

同時に、顧客リストへのマスコミの追及も鎮まってしまった。

代わりに、この事件を九〇年代後半から社会問題になっていた中高生の「援助交際」と絡めて、未成年者の非行を取り締まるべきだとする報道が増え、それに応えるかのように、渋谷で一五〇〇人の未成年者が一斉に補導されて話題になった。

――今、私は、つい先日、民俗学と伝承文芸がご専門の國學院大學の飯倉義之先生から聞いた「無縁の街」という言葉を強く胸に蘇らせている。

「渋谷は、土地に所縁としがらみがない人々が流入してきた、無縁の街です。渋谷や新宿、池袋などは、かつては江戸の周縁部にあった田舎でした。渋谷は関東大震災の後から開発されはじめたんですよ」

飯倉先生は、ウェブサイト「國學院大學メディア」でも、インタビューに応えてこうお話しされている。

「パッとやってきてパッと散るような街です。一回来てみたもののその後まったく来なくなる人もいれば、足繁く何度も通う馴染みのような人もいる。（中略）歴史学者の網野善彦さんの言葉を借りるなら、現代の渋谷は『無縁の場』です。知らない者同士が出会い、すれ違う場所」

江戸は幕府によって創られた人工都市で、朱引・墨引という境界線を設けて外と内とを分けていた。現代の大都会東京の主要なイメージを生み出している都市が、その境界線の辺りに周縁化されていたというのは、けして偶然ではないだろう。

無縁の場だからこそ、栄えたのだ。

無縁の場を包摂する街が、無縁の街だ。

赤坂の繁華街も、赤坂に連なる六本木も、渋谷と同種の無縁性を帯びている。

あのウィークリーマンションは、無縁の場そのものだ。

そして赤坂で逃亡生活を送った私と監督は、まさしく無縁の者たちだった。

まるで無縁のマトリョーシカだ——無縁の街、無縁の場、無縁の者たち。

土地に所縁としがらみがないという点では、現時点でも変わらない。

私と監督は子どもを持つようになって、ほんの少しだけ、住んでいる場所に縁が生じた。

そこから生き方が変わった。

プチエンジェル事件の某は、父と兄を相次ぐ自死によって喪い、母も自殺未遂の果てに彼を置き去りにして遠く沖縄に去った。

某は肉親との縁も途絶えた、徹底して無縁の者だったわけだ。

彼は、違法な買春斡旋で巨額の富を得たけれど、口癖のように「死にたい」と周囲に漏らしていたそうだ。

人は、なぜ生きることを望むのか。

パッとやってパッと散る繰り返しに倦んだとき、無縁の者は岐路に立たされる。

地に足をつけて生きるか、それとも虚無の闇に呑まれるのか。

【深川お百】

この夏、原宿の太田記念美術館で、月岡芳年筆「英名二十八衆句　妲己の於百」を鑑賞した。

月岡芳年は、幕末から維新を乗り越えて明治中期に至る、激動期の東京を生き抜いた絵師だ。現在の中央区銀座八丁目にあたる江戸　新橋南大坂町に生まれ、十二歳で歌川国芳に入門すると、すぐに頭角を現し、歴史絵、美人画、役者絵、風俗画、古典画、合戦絵などで画業を残した。

……が、芳年と言ったら真っ先に浮かぶのは無惨絵だろう。

血みどろ絵とも呼ばれる。

このとき太田記念美術館で「妲己の於百」を展示した企画展も、「月岡芳年　血と妖艶」と題されていた。つまりそれだけ、芳年の無惨絵は人気が高い。

私が注目した「妲己の於百」も、画面左下に行燈の前に悄然と座り込むうらめしそうな男の幽霊が描き込まれているのだが、その頭から首、胸もと、そして力なく膝に置いた両手が血塗れなのだった。

もっとも、この絵の主役は、幽霊ではなくて、これを見下ろして婀娜っぽい微笑を浮かべる妲己のお百（於百）である。恨みがましい目つきをした血塗れの幽霊に着物の裾を踏まれているのに、意に介したようすもなく冷たくニヤリ……。彼女の美しい外見と残忍な内面の落差が際立つ、怖い一幕が描かれている。

妲己は伝説の妖狐だ。

なんでも、人の滅亡と魔界出現を祈願する金毛九尾の妖狐が、殷の宮廷では妲己、天竺では華陽夫人、支那では王妃・褒姒と名乗って、奸計と淫靡な魅力を弄していずれの国も傾けたという。それが日本に来て玉藻前として鳥羽天皇に取り入ったところ、陰陽師・安倍泰親に正体を見破られ、とうとう成敗されたと伝えられている。

妲己のお百の物語も、本家妲己に劣らない、人面獣心の毒婦による悪行録だ。大坂から江戸へ、そして秋田へ……と移ろいながら色仕掛けで男を操り、詐欺横領裏切り拷問殺人教唆謀殺、悪いことならなんでもござれで、お百は罪を重ねていく。

講談、落語、歌舞伎の戯作、小説など、媒体によって内容が少しずつ異なるが、私が好きなのは講談の『秋田騒動 妲妃のお百』である。

しかし講談では台詞も全編江戸弁で語られるが、お百を含め登場人物の多くが上方者だ。かつて連れ添った男をお百が殺す場面があるのだが、二人とも上方から江戸に流れてきたわけで、会話するときは元の言葉に戻ったのでは……。

そんなことを考えながら、お百が芸者に化けて潜伏していた深川界隈を散策していたら、妄想が止まらなくなった。

物語の舞台は宝暦年間の江戸・深川。天保の改革より八十五年ほど前の、一七五〇年代の終わり近く。深川が港町として栄え、色も芸も売る遊里を擁していた当時だ。闇夜を遠行する魔性の女には、粋な辰巳芸者のなりも似合うだろう。


――――――――――――――――――――――――――


――八幡橋をカタカタと渡っていると、暮れ六つの捨て鐘が始まった。川向こうの馴染み客に呼ばれて昼間からお座敷をしたから疲れてしまった。重兵衛の旦那がせんだって贈ってくれた灘の酒をひとりで飲って、今晩は早く横になろう。

男だてらの黒羽織を引っ掛けて、深川仲町をゆるゆると歩いて家路を辿る。くたびれていても気が抜けない、ここは花道と心得ているから、胸を張って左褄を取り直した。

「ありゃあ櫓下の上方芸者じゃねえか。なかなかどうして、粋だねぇ！」

「おう、ちげぇねぇ、小さん姐さんだな。今夜は休みかね。箱屋が見当たんねえ」

「評判の上方唄ってぇなぁ、乙なもんらしいが、いっぺん聞いてみてぇもんだなぁ」

お百の名を捨てて二年、旅商人の美濃屋重兵衛しか寄る辺のないお江戸で、上方唄の小さんと言えば、この深川で知らぬ者がないほどになった。

八幡さまの一の鳥居のそばに、旦那が借りてくれた小洒落た格子造りの家がある。仲町でもいちばん賑々しい櫓下の辺り、天突く火の見櫓の足もとだ。日が暮れてもまだ人出がある。

掘割の端を行き交う人が途切れないから、最初は気にしなかった。でも家に着いて、「上方唄　小さん」の御神燈に火を入れたら、横丁の角に誰かがサッと隠れるのが見えた。

――誰ぞ、つけてきよったな。

身に覚えなら、ぎょうさんある。用心しながら畳に肘枕で寝そべると、その途端に乱暴に障子を引き開けて、素早く後ろ手に閉めるなり、

「お百ッ！」

と、叫んだのは……。

「あっ、徳兵衛！」

「刺し身にしてやる！　覚悟しろ！」

上方訛りで怒鳴りながら躍り込んできたのは、大坂の安治川口の廻船問屋・桑名屋徳兵衛……の成れの果て。

佐竹様お出入りの大店で跡取り坊ちゃんとして育てられ、一時は主人として立っていたものが、今や笊を背負って襤褸を纏い、屑拾いにまで落ちぶれているようす。

──そろそろ来そうや思うとったわ。

腰にためた右手に、切れ味の悪そうな小刀を握りしめている。あれはたぶん紙屑を捌く道具だろう。あんなもん怖くもなんともない。

徳兵衛は小刀を振りおろしてきたけれど、ろくに飯も食っていないと見えて足もとがおぼつかない。やすやすと躱して怒鳴りつけてやった。

「何すんねん！」

思わず昔の言葉に戻ると、あちらも、

「なんもくそもあるかッ！」

口だけは威勢がいい。

けれども生まれ育ちが良すぎたのが命取り……。こっちは雑魚場育ち、棒手振りの娘だ。

徳兵衛に面白いほどスカスカと空振りさせて、充分に消耗させたところで、思い切り胸を蹴ってやった。

小刀を取り落として仰向けに転んだ徳兵衛に馬乗りになって、啖呵を切る。

「斬るなら好きにお斬りなはれ！　ただし、うちにも言い分がありまっせ！」

徳兵衛も精一杯の憤怒の形相——童のふくれっつらも同然に思えるのだが。

「産み月のカカアを逆さ吊りに責め折檻、裸で雪んなかへ放り出したわいらの所業、今思えば人のやることとは思えへん！　十万両の身代が、ひと月かからんとのうなったんは天罰や！　騙し取った百五十両も遣いはたして、逃げ下った江戸で生き恥さらすよりいっそ二人で死のうとした！　そないなときに重兵衛の旦那に助けられたが、その美濃屋重兵衛と……お百、おまえは、わいが甲府へ行ってる間にッ！　不義密通や！　覚悟しぃや！」

「あきれた」——と笑い飛ばした。

「なんや、やきもちかいな。重兵衛の旦那とうちができてるとでも思てるんやろう？　誤解でっせ！　うちはあんたのこと、二十日以上も待っとったんや。なかなか帰ってけえへんさかい、美濃屋の旦那に相談すると、甲府で金が手に入って、ひょっとすると大坂に一人で帰ったのかもわからへん、他人の女房をいつまでも預かっとくわけにはいかへんやん、路銀をやるさかい、亭主の後を追うたらどうやと言いまんねん。ほやけど女一人であてどものう旅に出るわけにもいかへんやろ？　困っとったら旦那が、せやったら上方唄を磨いて芸者でも始めたらどうや……と、こう、何から何まで世話してくださったんよ」

後ろ半分は嘘ではなかった。上手に人を騙すコツは、正真正銘の本当のことを交ぜること。

「……せやな。芸者なんて、なんぼ旦那に貢がれても、いきなりなれるものちゃうし」

うろたえて恥ずかしがる徳兵衛を、私はニヤニヤと眺めた。

――さあ、この邪魔者をどう料理してくれよう。

「ここ深川は、深川いうたら辰巳芸者いうて江戸の芸妓（げいぎ）の本場や。ここいらには遊女もおんねん。せやけど、うちはそっちに流されんと真面目にやっとった。上方唄の小さんで名を売るには相応の苦労をしたんやで？　その甲斐（かい）あって、一年ぐらいは二人で食べていくだけの小金を貯めた。美濃屋の旦那は旅商人でっさかい、当分は留守でっせ。これ以上、長居をして迷惑をかけるわけにもいかへん。置き手紙を残して今晩中に二人で大坂へ発（た）ちまひょ」

「へっ？　今晩中に？　急やなぁ……。こんな遅うに船が出るんか？」

「あら、あんた、知らへんの？　お江戸じゃあ、上方行きの船は亥（い）の刻すぎに船出するんよ。ほんで朝に着く寸法や」

これは嘘八百だ。

「そうなんか」

頓馬（とんま）な徳兵衛は深くうなずいた。

「そうと決まれば、船が出るのは二刻も先や、旦那がくださったお酒を家に残しとくのも勿体ないさかい、夫婦水入らずで呑みまひょうや。つもる話もぎょうさんあるやろう」

徳兵衛を旦那の座布団に座らせて、精一杯もてなした。

この人と差し向かいで呑むなんて、何時ぶりだろう。

ありあわせのもので肴をこしらえると、涙ぐんで喜んでいる。

「お百、おまえがこないなことしてくれるのは初めてやで」

「そないなことはあれへんやろ」と返したが、ああ、そうか、桑名屋の庫裏は女中が仕切っていたものだし……と考えかけたら、奉公して三年目まではうちも女中だったんやと思い出して噴き出しそうになった。

徳兵衛のお手つきになってからは、遊んでばかりいたけれど。

徳兵衛の正妻、おきよを罠に嵌めて死なせたら、おきよの三回忌に店が丸焼けになった。

間を置かずに桑名屋の持ち船二艘も積み荷もろとも時化で沈んで、徳兵衛の身代はすっかり潰れた。

徳兵衛に沈んだ船二艘を抵当に入れさせて、踏み倒す心づもりの借金百五十両を持って江戸に下ってきたが、徳兵衛のド阿呆がおきよの幽霊に怯えて病みついてしまい、薬だ、医者だ、静養だ……と、なんだかんだで金子に羽が生えた。

――あのとき殺しておけばよかったねんな？

己の内に訊ねると、肚の奥から黒い化け物がニタリと微笑み返してきた。

「お百、さっきは疑ってすまへんかった。役に立たん亭主で情けない……」

「そないなことはええねん。それより、もうじき亥の刻や。木戸が閉まる前に行こか。あっ、せや、あんた出発前に厠へ行ってきたら？　その間にうちが荷造りしておくから」

「せやな。おおきに」

徳兵衛がいない間に、私は木箱に漬物石と瓦を詰め込んで縄で縛ると、風呂敷でしっかり包んだ。

「ああ、お帰り。さあ、これを背負うて……」

「めっさ重たいなぁ！」

「酔うて力がなくなっとるから、重く感じるのや。歩き出したらなんてことおまへん」

人通りの絶えた夜道を見渡すと、まだ明かりを点けている家がちらほらある。

木場の方へ連れていくことにした。誰か来たら、適当な嘘でごまかして、徳兵衛を連れ帰るしかないが、おそらく大丈夫だろう。

「どんどん暗うなるなぁ。ここはなんちゅうとこだい？」

「深川木場っちゅうんでっせ。木ィが水に浮かんどるやろ？　こっちゃは砂村の疝気稲荷。ほんで、あっちゃからは行徳船がお江戸へ塩を運んでくるんでっせ」

「わいは酔って千鳥足になっとるから、あっちゃこっちゃ指を差さんとくれ！　背中の荷ィに引っ張られて川に落ちたらどないするん。さっきからヒヤヒヤしとるんやで」

「へえ、そうなん？　やったら、ちゃっちゃと落ちたらええ！」

と、言うが早いか、私は両手で徳兵衛を川へ突き飛ばした。

徳兵衛は暗い水の中へ勢いよく落ちた。

「だ、騙しよったな、お百ッ！」

「あんたが悪い。ようもうちに金の苦労をさせよったな。邪魔やねん」

「なんやて？　ほな、やっぱ、おまえは美濃屋の旦那と……」

言いかけた台詞のお尻は徳兵衛もろとも水底へ沈んでいった。

あとは丸太がトプントプンと波のまにまに漂うばかりだ。

——さて、片づけた。帰りまひょか。

と、そのとき、木場に浮かんだ丸太の陰から、蒼白い火の玉が宙高く浮かびあがった。

「あんたぁ、とんだ親切者やなぁ。亡くなりよっても提灯がわりに照らしておくれか」

忍び笑いを漏らしたんは、ほんまにうちやろか。肚に棲みつく海坊主かもしれへん。

深川木場から櫓下まで、人魂を後ろに付き従えて、自分の影を踏みながら静々と帰った。

ちなみに、講談の妲己のお百は海坊主の怨霊に魂を乗っ取られているという設定だ。

これの基になっているのは、明治時代に書かれた編者不詳の小説『今古実録　増補秋田蕗』だと推測されている。この小説で初めて海坊主が現れるからだ。

それより先に書かれた河竹黙阿弥のお百の話『善悪両面児手柏』や『御伽草子百物語』には、海坊主が登場しない。

その代わりに、妲己や玉藻前を暗示する台詞が幾つもちりばめられている。

「妲己のお百と異名をとり、これまで人を騙したが、尻尾を見せたことはねえ！」

「三国渡ったこのお百が、亭主殺しの殺生石、これから千葉のお妾で、飛ぶ鳥落とす勢いに、成って悪事を那須野が原、草葉の陰から徳兵衛さん、私の出世を見物おしよ」

お百を演じる歌舞伎役者が、こうした啖呵を切るたびに、客席が湧いたという。半ば妖怪みたいなヴィランなんだから、悪ければ悪いほど、お百は好いのだ。

一連のお百モノには原型がある。江戸中期の宝暦七年（一七五七年）に起きた佐竹藩のお家騒動を講談に仕立てた馬場文耕の『秋田杉直物語』がそれだ。

ここで描かれたお百は、悪臣の手駒として謀略に加担する妖婦といったところだ。男たちを手玉に取る悪賢い美女のイメージが、妲己に繋がっていったのだろう。

実際のお家騒動は秋田で終始したのに、講談などでは、大坂の漁港育ちという設定のお百が江戸へ来て深川で芸者になる。

跳躍が甚だしいようだが、深川の花街が余所から出奔してきた女たちによって形成されていったという史実を一応踏まえているし、江戸っ子にとっては嬉しい設定だ。

深川の花街は深川八幡宮・永代寺の門前町にあり、江戸庶民に愛されていた。どこにあったのかと思えば、現在の東京都江東区にある地下鉄の門前仲町駅の辺りを中心として、仲町、新地、土橋、櫓下、裾継、石場、佃町にまたがる、ずいぶん広いエリアだったので驚いた。七つの地区に広がっていることから「深川七場所」と呼ばれていたそうだ。

深川を散策した折に、お百が「上方唄　小さん」の看板を上げた櫓下を訪ねてみたが、残念ながら往時の面影はなかった。そこは現在、清澄通りと永代通りが交差する門前仲町交差点になっていて、忙しなく車が行き交うばかりだった。

　がっかりして周辺を歩きまわっていたら、交差点から少し離れた黒船橋のたもとで、かつては門前仲町交差点付近にあったという火の見櫓のレプリカを見つけた。高さ約九メートルの二階建てで、ずいぶん大きい。櫓下は、火の見櫓の足もとであることから付いた地名だ。

　お百は架空の人物だが、彼女が毎日眺めていた火の見櫓は実在した。アニメに登場した土地を訪ねることを「聖地巡礼」という。知らないうちに、私も、私なりの聖地巡礼をしていたようだ。

【八王子の家】

無惨絵で鳴らした絵師・月岡芳年は、東京の人だった。

そして、長く精神の病に苦しめられた人でもあった。

生まれたのは現在の銀座にあたる江戸新橋南大坂町という説が有力だが、大久保の辺りだったという説もある。

十二歳で浅草の歌川国芳宅で内弟子になり、駆け出しの頃は桶町（中央区八重洲）、「英名二十八衆句　妲己の於百」を描いた頃は橘町（中央区東日本橋）に住んで、南金六町、丸屋町（いずれも中央区銀座）、根津宮永町（文京区根津）、浅草、本所亀沢町（墨田区両国）……と、生涯に何度も転居を繰り返した。

最晩年の住まいは、東京市本所藤代町（墨田区両国）だったが、これは建設中の自宅が竣工するまでの仮住まいで、その前は精神病院に入院していた。

初めは、小石川駕籠町（文京区本駒込）の東京府巣鴨病院。

一八九二年のことだった。病床でも画業を続けたが、その後、南葛飾郡小松川村の小松川精神病院（江戸川区）に転院したものの、快方に向かわないまま退院し、同年六月九日、脳溢血で五十三歳の生涯を閉じた。

月岡芳年を苦しめた精神病は、今では統合失調症と呼ばれている。以前は精神分裂病と名づけられていた。思考の異常が特徴的で、幻覚や妄想を伴ったり錯乱したりすることがあり、精神科の入院患者の約六割から八割を占めるといわれている。

軽微に発症する場合、昔であれば神経衰弱や神経症（ノイローゼ）と誤診されるかもしれない。明治時代には「神経」という言葉が流行ったとのことだ。「幽霊を見たよ」と怖がっている者に対して「それは君ィ、神経だよ！」と混ぜっ返して嗤うといったような使われ方をしたらしい。

明治期の落語家・三遊亭圓朝が創作した『真景累ヶ淵』の「真景」は「神経」をもじったものだそうだ。圓朝自身も『真景累ヶ淵』のまくらで、こう語っていたという。

「怪談のお話を申し上げまするが、怪談噺というものは近代おおきに廃りまして、あまり寄席で致す者もございません……と、申すものは、幽霊というものはない、まったく神経病だということになりましたから、怪談は開化先生方がお嫌いなさることでございます」

そういう時代だったから、月岡芳年も神経症と診断されていた。発病したのは三十一歳前後だそうだ。

症状に悩まされていた頃の芳年のエピソードに、こんな怪談めいた話がある。

三十四歳のとき、芳年は病状が悪化して筆が持てなくなり、たちまち貧困に陥った。

その頃、彼はお琴（こと）という女を妾（めかけ）にしていた。生活を共にしていたが、借家の床板を薪（たきぎ）にするほど困窮すると、彼女は泣く泣く実家へ戻っていった。

やがて芳年の神経症は寛解してきたが、お琴は彼のもとへは帰らなかった。

さて、お琴が去って数年後のこと。

芳年は根津宮永町の家で同門の歌川芳宗（よしむね）らと暮らすようになっていた。

ある日、芳年が、昨夜は幽霊に酷（ひど）くうなされたと家人に話した。

着物の袖（そで）で顔を隠した女の霊が、枕もとに訪ねてきたという。

芳年は、ありありと記憶に刻まれたその姿を描きあげ、一幅の幽霊画を完成させた。

それからしばらく経った後、彼はお琴の母親から娘の死を伝えられた。

なんと、幽霊が現れたのと同日同刻に息を引き取っていた。

そういえば幽霊の着物は、彼女がよく着ていた縞（しま）小紋だった。

あれはお琴の幽霊であったのかと芳年は得心した……とのこと。

――病が見せた幻覚だったのか、それとも本当に幽霊が現れたのか、それは誰にもわからないことだが、偶然にしては不思議すぎる。

この幽霊画は火事で焼失してしまったそうで、残念だ。

しかし、他にも月岡芳年筆の怖い逸話付きの幽霊画はあって、私も谷中の全生庵で拝見したことがある。

「宿場女郎図」というのだ。

藤沢宿の妓楼で病み衰えた女郎を見て、咄嗟にスケッチしたものを基に描いたそうだが、その女は骨と皮ばかりにやつれはてて、顔には死相が現れているのだ。

妓楼の幽霊をスケッチしたとする解説も読んだことがあるけれど、これは生きた女であった方が何倍も怖い。

即身仏のように枯れた肉体でまだ客を取ろうとする娼妓の地獄と、悲惨の極みを前にして冷徹に筆を走らせる絵師の狂気が交錯して、双方の業の深さをまざまざと感じさせられるではないか？

それだけでも背筋が凍る思いがするが、怖い理由は他にもある。

この絵を鑑賞して一種の娯楽として消費している己が最も悍ましい鬼畜だと、ふと気づいてしまう。その瞬間の恐ろしさときたら……。

幽霊を画布に封印する方が、病衰した女郎を描く者や見る者の罪業よりはずっと軽い。

叔母のキヨミさんから手が離れたと母から報告を受けたのは、つい最近のことだ。

キヨミさんは、月岡芳年とおそらく同じ病に罹っている。

しかし、短い生涯であっても晩年まで社会生活を営めた芳年より、キヨミさんの方がずっと重篤だ。

初めのうちは、ときどき寛解期があって入退院を繰り返していたが、幼い子どもたちを道連れにして死のうとしたときから快復しなくなった。自傷他傷が危ぶまれる状態が続き、退院できないまま今日に至っている。

「だいたい三十六年よ。長かった……」と電話の向こうで母は感慨深げにした。

「そんなになるのね。キヨミさん、そろそろ七十歳くらい？」

「そうよ。パパと歳が離れてるから、どうなることかと思ってたけど」

父がキヨミさんより早く亡くなったときのことを恐れて、母はそんなことを言うのだった。縁起でもないことだが、私も、両親が亡くなったらお鉢が回ってくるかもしれないと長年恐れていたから、人のことは言えない。

「パパは八十七歳だものね。危なかったよね」

と、母以上に露骨なことを述べた。

精神障碍（しょうがい）者の保護者は、裁判所が要扶養者の三親等内の親族から選任していた。祖父母が亡くなってからは、父がキヨミさんの保護者になっていた。私は三親等内に含まれ、甥姪（おいめい）のうちでは最年長だ。危ない、と思っていた。だが、幸いなことに、二〇一四年に精神保健福祉法が改正されて、三親等内の保護者制度は廃止になり、私はキヨミさんの扶養義務から逃れた。

法改正後、父はキヨミさんの後見人になったはずだ。

呼び方が変わったが、精神障碍者の後見人は保護者としての義務を負うから中身はほぼ同じだし、結局、父は死ぬまで叔母の面倒をみるのだし、父の死後は、母が役目を継ぐことになると私は思い込んでいたのだが……。

「手が離れたって、本当に？」

「そう！　肩の荷がようやく下りたところ！」

「どうやったの？」

「どうって……。ほら、最近パパも見るからにオジイチャンになってきたでしょ？　もう耳も全然聴こえなくなっちゃったし……。それでも毎月キヨミさんの病院に行って、事務手続きをしたり、キヨミさんから頼まれたお遣いごとをやってあげたりしてきたのよ。だから、病院の方で見るに見かねたんでしょうね」

「見かねた？」

「病院から裁判所に相談してくれたのよ！　○○家庭裁判所から急に電話が掛かってきたときには驚いたけど、病院の方から事情は聞いている、って。それで、最近は成年後見制度というものがあるんですよと言って、やり方を親切に教えてくれたの。家裁の審理に通ったら、司法書士に後見人になってもらえるって。病院に協力してもらって司法書士を選んで……家裁の審理も全部終わって……キヨミさんは障碍認定一級を受けて生活保護費の障碍者加算対象になっているし、個人資産もないから、手続きがスムーズだったみたい」

「そうなんだ……。でも、もしもキヨミさんが退院したら？　結局、パパとママが引き取らなくちゃいけなくなるんじゃないの？」

「それが、全部、司法書士さんに肩代わりしてもらえることになったの！　パパも、これで安心だねって喜んでる」

しかし、その後見人とやらがキヨミさんを退院させたら、八王子の家に勝手に来てしまうのではないか？

私は昔のことを思い出して恐れたが、母は心配していなかった。

「この十年ぐらいで、だんだん知的能力が低下して、眠っていることが多いみたいよ。それに最近は外の世界を怖がっていて、病院の外に出たがらないんだって」

「……そういえば、キヨミさんはユキちゃんのお墓参りをしたことはあるの？」

「一度もないと思う。それでいいのよ。ユキちゃんも望まないでしょう」

「お祖父ちゃんやお祖母ちゃんのお墓参りは？」

「無理でしょう。位牌分けしてあげたら、病院で毎日手を合わせてるって話してたことがあるけれど……。ここ何年かは電話もかけてこないから、そう聞いたのも、ずいぶん前のことよ」

母とこの会話をしてから、私は半日ぐらい興奮が冷めなかった。

子どもの頃に何度かキヨミさんの狂気を見せつけられてから、彼女の突然の来襲にどれほど怯えてきたか知れなかった。

それにまた、祖父母亡き後の両親の苦労を見てきてもいた。

生活保護費の加算対象になる前は経済的な負担も非常に重かったし、障碍者認定を受けさせて、入院治療の費用を出す必要がなくなってからも、キヨミさんが病院から電話をしてきて、あれが欲しいこれが欲しいと訴えるのは日常茶飯事だった。

買ってやらないと暴れるので、最初にキヨミさんが入院していた病院からは「言うとおりにしてやってください」とお願いされていたものだ。

外出する機会もないのに高価なブランド物の洋服や化粧品をキヨミさんは欲しがり、父と母はそのことでときどき喧嘩していた。

転院させて、治療方針が変わり、高価な貢ぎ物を要求されることが減って、家族にとっての状況は改善された——キヨミさんにとっては改悪だった可能性もあった。我儘を言わなくなるのと並行して、少しずつ精力を失っていったので。眠っていることが多く、外に出たがらなくなったキヨミさんは、いったい何を想っているのだろう。

——また会う日を楽しみに。想うのはあなたひとり。

昔、祖母がこんなことを言っていたのを思い出した。

「キヨミが、嬉しそうにユキちゃんを抱っこしてたよ！　ユキちゃんも甘えた顔をして大人しく抱かれてた。もう心配ない。うまくやっていけるだろうよ！」

そうだった……。ユキちゃんが二歳になる少し前にキヨミさんが退院して、叔父がユキちゃんを迎えに来たとき、祖母も一緒に叔父たちの家についていったのだ。

祖母は明るい顔をして、足取りも軽く、八王子のうちに帰ってきた。

そして、そんなふうに報告したのだ。嬉しそうに抱っこしてたよ、と。

——眠っているキヨミさんの魂は、彼の世でユキちゃんと邂逅していないかしら。

私にも妄想癖がある。キヨミさんとは妄想の質が違う、と、思っているのは自分だけで、精神を調べられたことなどないから、本当のところはわからない。

私が最も恐怖を抱いているのは、あちら側へ行ってしまうことかもしれない。

妄想や幻覚と幽霊の違いは、誰がどうやって見分けるのか。

見分けようがあるのか。

私はインタビューの話は疑わないけれど、私自身の体験は、真っ直ぐに信じることができない。

私が「キヨミさん」じゃないという保証はない。


キヨミさんも、ときどき幽霊を見ていた。

たとえば、私のうちに急に来たとき、「あそこに○○の伯母(おば)さんがいる！」と、夜の窓を指差して半狂乱になったことがある。
○○の伯母さんは祖母の義姉で、何年も前に高齢で亡くなっていた。
窓の外には山裾(やますそ)の夜景が広がるばかりだった。

遠い谷の影を群青色の星空がくっきりと切り抜き、ガラスを閉めていても虫たちのざわめきが部屋に染み入ってくる。

「いませんよ。もうお墓に入ってますよ」と、祖母が辛抱強く諭した。

でも、「いるよ！　あそこで私を見張ってる！」とキヨミさんは言い張った。

終(しま)いには焦(じ)れたようすで、○○の伯母さんが何を着て、どんな表情で……と細かく説明しはじめた。

けれども、他の誰にも〇〇の伯母さんは見えない。

ガラスに映っている緊張した私たちの肖像が、見つめ返してくるばかりなのだった。

身内、たとえば妹や甥っ子から幽霊を見たと聞くのも、嫌な疑念を萌させることだ。

――「キヨミさん」じゃないという保証がないからだ。

ところが私の実家には、十数年前から幽霊のようなものが出るようで、妹たちから幾つか報告を受けている。

今は大学に通っている甥っ子のケイちゃんが三歳の頃のこと。

妹が結婚に破れ、ケイちゃんを連れて実家に戻ってから間もなかった。

四月下旬、世間で連休が始まる二、三日前から暇になった。そこであらかじめ予告しておいて、麻布十番から八王子の実家に遊びにいくと、ケイちゃんの姿が見えない。うちに到着したのは夕方だったから、ケイちゃんは保育園から帰っていると思っていた。

好奇心旺盛な性質で、いつも真っ先に玄関に飛んできていたのに、私が母と妹と居間に落ち着いて、お土産を紙袋から出す頃合いになっても現れない。

「ケイちゃんに、夏用のシャツとズボンを買ってきたのよ。お菓子と絵本も」

まだ息子を産む前だった私は、この甥っ子が可愛くて仕方がなかった。

妹が「ケイーッ」と呼びながら、なんだかうんざりしたようすで、昔祖父母が使っていた八畳の和室の方へ歩いていった。

私は母と目を合わせると、片方の眉をつりあげてみせた。

母は苦笑いして「あの部屋でよく遊んでるのよ」と私に答えた。

「連れ戻しても、いつのまにか、あっちに行っちゃうの」

八畳の和室は、祖父母が亡くなってから、仏壇だけを残して空けてある。滅多に泊まり客のない家だが、誰か来たら客間として使うことができるように。

たとえば今夜、私はあの部屋に泊まることになるだろう。

直角に曲がって庭へ突き出した部屋なので、私がいる居間からは、庭のコーナーを挟んで、前に大きな沓脱石を置いた四枚引きの掃き出し窓が見えた。

……と、その窓の障子がパッと明るんだ。

間もなく、妹がケイちゃんと手を繋いで居間に戻ってきた。

「おばちゃんが来てるんだよ。ケイにプレゼントがたくさんあるって。よかったねえ」

妹が説明すると、ケイちゃんは「ありがとう！」と私の膝に両手を掛けてキラキラした目で見上げてきた。

「自分からお礼が言えるなんて賢い！　ケイちゃん、いい子だねぇ」

ケイちゃんには変わったようすもなく、すぐに私が買ってきた絵本に夢中になった。

「あっちの和室を遊び場にしてるの？」と私は妹と母に訊ねた。

他に考えられなかった。レゴブロックや電車の模型やレールや何か、場所を取る玩具でも置いているのだろうと思った。

仏間のようになってしまった八畳間は、少し気味が悪い部屋だから。

純和風のしつらえで、通りに面した北西側と庭の方を向いた南西側に障子が嵌った掃き出し窓がある。しかし、北西の窓は植木で目隠しされていて陽が差し込まず、南西の窓は四枚引きで大きいのはいいのだが、うちより高台にある隣の家から室内が丸見えになるので、祖母の没後はいつも障子を閉め切っていた。

だから昼でも薄暗いし、夜になると障子越しに山裾に立てられた街灯の光が蒼白く照らし込み、お化け屋敷じみた雰囲気になる。

——祖母がそこで和裁士をしていたときには、健やかな気が満ちていたのだが……。

祖母のお客さんは玄関を介さずに、この南西の窓から直接訪ねてきたものだ。光に浸された窓辺で、鮮やかな手つきで着物や反物を広げていた祖母の姿を、今でも時折思い出す。

夜になれば、橙色をした小さなスタンドライトを点けていた。日舞が趣味で、四六時中、楽しそうに長唄や清元をくちずさんでいた。キヨミさんの病気だけが祖母の日々を暗くしたが、逞しく堅実に、丁寧に日々を縫い合わせていた。

晩年まで呉服屋の下請け和裁士として稼いでいた祖母に比べると、祖父は影が薄かった。祖母が仕事道具と着物を片づけると、いそいそと八畳間に入って蒲団を敷くのが日課だった。祖母が亡くなるまでは、この部屋の掃除と片付けも、一日たりとも欠かしたことがなかった。毎朝隅々まで徹底的にピカピカに拭き清めていたので、祖母も安心して反物を広げることが出来たのだ——

「遊び場にしてるわけじゃないんだけどね」と妹は歯切れが悪かった。

「じゃあ何？　あんな部屋が気に入っちゃったってわけ？」

「……明日、話すよ」

「なんで明日なの？」

横合いから、それまで黙っていた母が「今は聞かない方がいいと思うよ」と、ぎこちなく笑いかけてきた。

「意味がわからない！」

私は軽く憤慨していた。どうせたいしたことではないに決まっているのに、二人とも何をもったいつけているのかと苛立たしかった。

そこで、ケイちゃんに水を向けた。

「ねえ、ケイちゃん、あっちの部屋で何してたのかな？」

ケイちゃんは、あどけない瞳(ひとみ)をパチクリさせて、私と和室のある方角を見比べた。

「オキモノのバアバとジイジが遊んでくれるの！」

妹が溜め息をついた。

「ああ、言わせちゃったよ、この人は」

母も「あそこに蒲団を敷いて寝てもらうつもりだったのに」と小さく肩を落としている。

――なんでも、あの部屋では着物姿の祖父母が甥っ子を待っていて、玩具やボードゲームで遊んでくれるのだとか。

「ちょっと放っておくと、いつの間にかお祖母(ばあ)ちゃんたちの部屋にいるのよ」

甥っ子から妹が聞き出したところでは、祖父は自身が「メリンス」と呼んでいたシャツを下に重ねた着流し姿で、祖母は黒っぽい縞(しま)小紋を着ているようなのだが、甥っ子が生まれる前に二人とも亡くなっていて、そんな普段着の姿は写真を撮ったことすらない。

にもかかわらず幼い子どもが生前の祖父母の姿を正確に描写するので、あの和室には幽霊がいるに違いないと母と妹は確信するに至ったというわけだ。

「居間にお蒲団を持ってこようか？」

「なんで？　大丈夫だよ。和室で寝るわよ。そんなこと心配してたの？　そういえば、さっきケイちゃんを捜しにいったとき、電気を点けたよね？　ケイちゃん、薄暗い部屋で遊んでたの？」

妹は顔を引き攣らせた。

「……遊んでいるうちに、だんだん暗くなってきたんじゃない？」

物寂しい情景が浮かんでいた。

次第に翳る畳の上に三歳の甥っ子と半ば透けた祖父母が座り込んでいる。障子が暗くなるに従って、甥っ子を微笑ましく眺めている祖父母の姿が濃くなってゆく。やがて実体があるとしか見えなくなった老人二人と幼児は、夜の底で尚も遊ぶのだ。

「ちょっと見てくる。荷物を置いて部屋着に着替えたいし。今のうちに蒲団も敷いておこう」

「よく平気だね」「まったく、逞しいのか鈍いのかわからないよ」

呆れ声に背中を叩かれながら、私は件の和室に入った。

妹が電気を点けたので室内は明るかった。この部屋の主な照明は、紐付きスイッチをぶらさげたペンダントライトだ。竹細工に和紙を張ったランプシェードの中に丸型蛍光灯が納まっている。蛍光灯の横に夜用の豆球が付いていて、紐を二度引くと琥珀色の常夜灯が点く仕組みだ——最近でも古い民宿にはこういう照明器具があるかもしれないが、一般の家庭では今どき珍しいものだと思う。

昔は、桐箪笥が二棹と鎌倉彫の座鏡台、陶器の火鉢、仕立て台、絎台と抽斗が付いた裁縫箱、脱衣籠、座椅子が二つ、卓袱台、テレビなどがあって、狭く感じた部屋だった。

でも今は扉を開けた黒塗りの仏壇が隅にあるだけで畳がすっかり裸になり、ひとりで泊まるのが心細くなるほど広く感じる。

障子紙を張り替えて間もないようで、白い楮紙が清々しかった。この部屋は元から、窓辺の床だけ縁側風の板の間になっている。その床も磨いたばかりのようで艶々していた。

襖紙を貼って和風に仕立てた出入り口のドアの鍵は、これまた近頃は見かけなくなったフック式だ。

かなりガタついていて、鍵を掛けた状態で強くドアを押し開けてみると、目を当てて覗けるぐらいの隙間が開いた。

押し入れの襖には大小の花形の襖紙で修繕したところが何ヶ所かあり、これは昔、キヨミさんが祖母の鯨尺——長さ二尺の竹製のものさし——を振り回した跡なのだった。

家具や祖母の道具を取り去っただけで、四十年前から時が止まっているようだ。

仏壇には祖父母の遺影と位牌、それから大昔に父が買ってきた金メッキの阿弥陀如来像が飾られており、灰が冷えた線香が匂った。

そうしなくてはいけないような気がして、正座して仏壇に手を合わせた。

——出ませんように。

薄情な孫で申し訳ないが、他に祈ることを思いつかなかった。

私は部屋着に着替えて、押し入れから蒲団を出して部屋の真ん中に敷き、持ってきたボストンバッグから化粧ポーチを出すと、それを持って部屋を出た。

電気はあえて点けっぱなしにして、ドアもわざと開けておいた。

夕食後、ケイちゃんを寝かしつけた後で、妹と両親とワインを飲りながら夜更かしした。

順繰りに風呂に入って、それぞれ寝床に向かったのは午前一時頃だった。

さて寝ようと思い、和室に行ってみると、ドアがほとんど閉まっていた。

完全に閉め切られずに、わずかな隙間が残されているのが、何やら不快だ。

夕食の前に来たとき、鍵が掛かっている状態でも隙間が開いた。そのことを咄嗟に思い返したが、ケイちゃんは二階で寝ており、あの子がこの部屋に入り込む隙もなかった。ここには誰もいないはずだ。

まさか鍵が勝手に掛かったなんてことは……と恐れつつ引き開けたら、あっけなくドアは開いた。

点けておいた部屋の明かりが消えていて、夕方からこれまでの数時間のうちに誰かが消したのだろうと思ったが、ドアの隙間と同じく、嫌な感じだった。

苛々(いらいら)しながら壁際のスイッチを入れた。

……点灯しない。

これは奇妙だ。蒲団に寝ている者が紐を引いて明かりを消したとでもいうのだろうか？ それとも蛍光灯が切れてしまったのか……。

障子が蒼白(あおじろ)く仄(ほの)明るい。道を挟んで向こうの山際に街灯があり、その光が届いているのだと知っていても、今しも人影が映りそうに思えた。

「…………」

戸口で固まっていると、自分の呼吸と山の梢(こずえ)を掠(かす)める夜風ばかりが聞こえてきて、障子が内側にぐうっと迫ってくるようだった。

これはいけない、と、反射的に体が動いて、ずんずん蒲団を踏んで近づくと、電気の紐を引っ張った。

カチッと小さい音がして、明かりが点いた。

部屋を見渡して異状がないことを確認した。私が部屋を出たときと何一つ変わった点は見えない……と思いかけて、仏壇の扉が閉まっていることに気がついた。

やはり誰かがここに入ったに違いない。

きっと、みんなで呑んでいたときだ。トイレや入浴のため、あるいは追加の酒や肴を取ってくるために、入れ代わり立ち代わり居間から出入りしていた。台所へ来た折に、明かりが点けっぱなしなのを見咎めて、父か母か妹が部屋に入ったのに決まっている。

もしかすると、ケイちゃんがやった可能性だってある。食事の前後は、大人の目が行き届かなかった。だから、また、ふらふらとこの部屋へ来て……。

……いや、今はこれ以上想像するのはやめよう。

仏壇は閉じたままにしておくとして、ドアに鍵をかけて常夜灯に切り替えると、私は蒲団に潜り込んだ。

目を瞑って睡魔の訪れを待った。家の外で山が静かに息をしている。私が子どもの頃は、ヨタカが人間の悲鳴のような声を張りあげていたものだった。ヨタカは夜行性の小型猛禽類で真夜中に狩りをする。春にはカヤネズミを、夏にはカブトムシやクワガタを求めて樹々を縫って低空を滑るように飛ぶ。いちどだけ見たことがある。道了堂へ遊びに行って帰りが遅くなったときに、私の頭を掠めて追い越していった。

――ああいう野生の鳥たちは何処へ去ったのかしら。みんな死んでしまったに違いない。死んだ生き物は山へ還る。懐かしい土の匂いがする、森の奥の腐葉土を掻きわけたら、千切れた翼が――

急激に覚醒して、自分が今、夢を見ていたことがわかった。

夢と言っても、何十年か前に実際に見た光景の再現だった。山頂の廃寺、道了堂の裏に、かつて堂守が飼っていた動物たちの墓があって、十歳ぐらいのとき、そこで鳥の翼を拾ったのだ。

風切り羽の先が黒い、小さな猛禽類の片翼が付け根から引き千切られて、腐葉土に半ば埋まっていたのである。ヨタカか鳶だと見当がついた。

よく見たら芥子粒のように細かな虫が羽毛の隙間を這いまわっていたので、私は慌ててそれを放りだした。

造成が急速に進み、周囲の山が切り崩されていった時分のことで、うちの前の山もいずれ平らに均されて、町境に建つ道了堂の向こうの鑓水まで、住宅地が拡張していくのだろうと予想していた。

でも、そうはならなかった。うちの前のところだけ、山が残された。

――カツン、と、北西側の窓に礫が当たる音がした。

二枚引きの障子とガラス窓を閉ざしている。その向こうには、細い車道を挟んで、山があるばかり。

カツン、カツン、と、同じ窓から立て続けに音がした。

私はそろそろと立ちあがり、静かにその窓へ近づくと、息を詰めて障子を開けた。

ひと昔前には関東の庭木と言ったら犬黄楊だった。四十二年前にこのうちが建ったときに植えられたそれが、いつの間にか窓を覆うほど丈が高くなっている。

ガラスの向こうには、緻密に生えそろった葉が塊になって間近に迫り、何も見えなかった。葉と葉の僅かな隙間から、剪定された枝先が点々と覗いている。

枝がガラスに当たったに違いなかった。

私は納得して障子を閉め、蒲団に戻りかけた。

するとそのとき、ドアが細く開いていて、隙間からケイちゃんが覗いていることに気づいた。常夜灯の琥珀色をした薄明かりが、隙間の外にいる幼児のくりくりした瞳と頬の一部、突っ込まれた指先を照らし出している。

「ケイちゃん？　起きてきちゃ駄目じゃない……」

話しかけながらドアに近づいたが、退かない。

「ちょっと指をどけて。いったん閉めないとフックを外せないから」

「フック？」と隙間のケイちゃんが眠そうな声で私に訊ねた。

「そうだよ。ドアが開かないようになっているの。一歩、後ろにさがって」

ケイちゃんは素直に言うことをきいた。私は急いで鍵を外してドアを開けた。

「ここで寝ていい？」

「どうしようかなぁ」

「オバチャンと寝るぅ」

甥っ子に甘い伯母ちゃんは、すぐに子どもを部屋の中へ招じ入れた。

ケイちゃんの方が早起きしてトイレに行きたがるかもしれないと思って、今度は鍵を掛けなかった。三歳児でもフックを外すことぐらいは出来るかもしれないが、開けるのに手間取って漏らされでもしたらことだ。

ケイちゃんは、私より先に蒲団に入ってしまった。

「ちょっと横に詰めてよ。オバサンも寝るんだから」

「お蒲団があって今夜はイイね」

「……えっ？」

「いつもは畳で寝てる」

私は驚いて訊ねた。

「まさか、夜中にここに来て寝ているの？」

ケイちゃんがシャンプーの匂いを振り撒いて首を振ると、柔らかい髪が蒲団にこすれてカサカサ鳴った。

「ときどき」

「どうして？」

「わかんない。……バアバがいるから？」

「いないよ」

「いるよ」

「今はいないでしょ？」

恐る恐る、私は首を起こして辺りを眺めた。

「そこにいるよ」とケイちゃんが横たわったまま私に答えた。

どこよ！と叫びたくなるのを私は必死に押しとどめた。

知りたい気持ちと怖さが拮抗して心が暴れて、とてもではないが、眠れそうにない。

「おやすみ」とケイちゃんが呟くので、見れば、すでに安らかに瞼を閉ざしていた。

早くも寝息を立てはじめる。

もう一度、部屋を隈なく観察したけれど、祖母の姿は、私の目に映らなかった。

気になったのは、仏壇だ。

扉が大きく開いていた。

——あれ？　私は開けたまま部屋を出て、戻ってきたら閉まっていたと思っていたけれど、勘違いだった？記憶に自信が持てなくなり、じっと仏壇を見つめていると、そこから祖父母が這い出てくる景色が想像されてきたので、怖くなって掛布団を頭まで引っ張り上げて目を閉じた。

朝になると、ケイちゃんが蒲団の中にいなかった。

ドアが半分開いており、部屋から出ていったのだとわかった。

携帯電話で時刻を確認したら、午前九時を回っていた。

「おはよう。朝ごはんは？」

「もう食べちゃったわよ」

八畳間から出ると、短い廊下の向こうに食堂と、続き間になった台所がある。台所のダイニングキッチンと呼ぶには昭和時代の香りが強すぎる、古臭い設計だ。流しやコンロの前だけ、床がビニールタイル張りになっており、食堂の隣は居間だが出入り口はドアではなくて引き戸である。

食洗機はない。母が手を泡だらけにして流しで食器を洗っていた。

食卓に私の朝食があり、ポリエチレンの覆いが掛けられている。汁椀と茶碗が空なのは自分でよそえという意味で、おかずはサラダ、ひじき煮、納豆、塩鮭だった。

「わあ、旅館みたい。みんなは？」

「だからもう済んだって」

「そうじゃなくて、出掛けちゃった？　昨日の夜遅く、ケイちゃんが私のところに来たんだよ」

さり気なく言ったつもりだったが、振り向いた母の顔は心持ち青ざめていた。流しの水栓を捻って水を止めた。タオルで手を拭きながら、「えっ、なんだって？」と訊き返してきた。

「夜遅くに……」と私が繰り返すと、母は不自然に甲高い笑い声を立てた。

「そんなはずはないわよ！　朝、二階から下りてきたもの」

「じゃあ、あの後、自分のベッドに戻ったんだ」

「気持ちわるいこと言わないで。ずっと二階にいたはずよ。夢でも見たんじゃないの？」

「ううん。眠る前に少しお喋りしたんだよ。……バアバがいるって言ってた」

みるみる母の顔から表情が拭い去られた。ただ、瞳の奥で苦悩が渦巻いて出口を求めているのが読み取れた。

しばらくしてフッと脱力すると、「あんたは、いつだって空気を読まない」と言った。

「言わぬが花って、わからない？　いないことにしておきたいじゃない？　あんたはいいよ。でも私たちは、このうちに住んでるんだからね？」

「そりゃそうだけどさ、だってケイちゃんが来て、『そこにいるよ』なんて言うんだもの……。嘘を吐いてるわけじゃなく、あの子には本当に見えたんだろうね。霊的な存在は、小さな子どもにだけ感じられるものかもしれないと思わない？」

そのとき、ふと、妹が今のケイちゃんぐらいの頃に幽霊に怯えて大騒ぎしたことを思い出した。あれは私が小学一年生になったばかりの頃だ。

小学校から帰ってくると、子ども部屋の方から妹が泣き叫ぶ声が聞こえた。

駆けていくと、二段ベッドの下の段で寝ている妹に母が覆いかぶさっていた。

「何にもいないから！　シーッ！　ほら、静かにして、横になってなさい！」

妹は、母の体の下で、短い手足を死に物狂いでバタつかせて暴れていた。

「いやだいやだーっ！　怖いのぉ！　起きるぅ！　オバケが来るよ！　ウェーン！」

「ママ、何やってんの？」

「ああ、おかえりなさい。薬を飲ませて寝かせてたんだけど、起きちゃったのよ」

「お化けがいるって言わなかった？」

「いるよ！」と妹は私の方へ両手を伸ばしてきた。「助けて！　怖いよぉ！」

こちらを向いた母の顔は苦笑いを浮かべていた。

「お熱が高いせいで変なものが見えた気がしただけだから、ね？　夢なんだよ。さあ、目を瞑って。お口を閉じて」

「でもぉ……知らない女のひとが顔を出してるよ……？　そこだよ！」

何もない天井の一角を指差した妹の両目を、母は優しく掌で覆い、鼻先に軽くキスをした。

「ほら、もう見えない。お口を閉じて。ママがついてるから大丈夫……ほぅら、だんだん眠くなるよ……」

この妹の例を私が述べると、母は、「大人になってからだって、幽霊を見ることはあるよ」と前置きして、死んだはずの祖父と家の中で遭遇した話をした。

――それは、祖父が亡くなって四十九日法要も終わり、八畳の和室を片づけている最中の出来事だという。

その日も午前中から祖父母の遺品を整理していたが、陽が翳ってきたので作業を中断して、お茶を淹れてひと息つこうと思いながら居間に行ったら、窓際のソファに祖父が座っていた。生前のままの姿で血色もよく、母を認めると「申し訳ねぇこって」と謝った。

「でぇぶ苦労をかけちまって、すまねぇな」

ヒョイと立ちあがると軽い足取りでドアの方へ向かったが、一歩ごとに姿が薄れて、ドアに辿りつく前に消えてしまった――

「あのお祖父ちゃんは八十歳ぐらいだったと思う」

明治生まれの祖父は非常に小柄だったが頑健で、九十過ぎまで生きた。

ただ、亡くなる前の数年間は足腰が弱り、杖か歩行器がなければ歩けなくなった。

「少しもお化けらしくなかったから怖くなくて、呆気に取られているうちに消えちゃった」

「ケイちゃんにも、そういう風に見えてるんじゃないの⁉」

「そうかもしれないけど、ケイちゃんをあの部屋へ呼び寄せてるようで嫌なんだよ」

母とは、これ以上その話をしなかった。

妹と父は仕事へ、ケイちゃんは保育園に行っていたが、宵の口までにみんな帰ってきた。

私は実家にもう一泊して、翌日、麻布十番の自宅に戻ったのだが、二晩目にはケイちゃんは訪ねてこなかった。

――ただ、二日目の夕方、和室でキヨミさんの影を見た。

その日、祖母が遺した和装小物や着物、反物、帯などを貰ってくれと母に頼まれた。

祖母が亡くなった直後から何度も言われていたが、しばらく着物から離れていたから断っていたのだ。

母は私が最近また和装するようになったのを知って、また勧めてきたのである。

祖母は第二次大戦前から針の道ひとすじでやってきた和裁士で、自身も若い頃から着物で暮らしてきた人であり、物持ちが異常に良かった。

遺された和装関係の物は押し入れ一杯の量で、母は早く片づけたいのだろう。

しかし私にしたって、そんなに貰っても到底生かせるわけがなかった。

だから、まずは「裄も身丈も合わないから着物は要らないよ」と断りを入れた。

すると母は、帯や和装小物が入った衣装ケースを和室に持ってきた。

そこから好きな物を選んで持っていけ、というのである。

選別作業を始めてすぐに、良い品は個別に小箱に納められていることに気がついた。

未開封のまま仕舞いこまれていた帯締や、状態の良い帯留や……。新品で買えば優に一万円は超えそうなものを幾つか見つけて、ホクホクしながら箱を開けていく速度を速めた。

広げた風呂敷に、選った品物を並べていく。

やがて私は細い桐箱に手を掛けた。帯締が入っているにしては短く、帯留にしては長い。

何か、と訝しく思いつつ箱を開けたら、艶やかな深紅の珠に目を奪われた。

血赤珊瑚というものがある。宝飾店で展示されているのをガラス越しに見たことはあるが、実物をじかに目にするのは初めてだった。

いや、これが本物とは限らない。残念なことに保証書が付いていなかった。

だが、この暗みがかって濃密な紅色と、こってりした光沢は……。

目測だが直径が十五ミリは優にあって、瑕や凹みもない、きれいな球状をしている。

もしも本当に血赤珊瑚なら数十万円か、それ以上の価値があると思われた。

――母に報告しなければいけない。

そう思ったが、箱に戻すのが惜しく、手に取ってためつすがめつした。

一本差しの簪だ。棒の部分は銀製で、黒っぽく変色している。棒をつまんでくるくる回しながら凝血色の珠を鑑賞した。

血赤珊瑚には、メデューサの血にまつわるギリシャ神話の逸話がある。

ギリシャ神話に、髪が蛇で、姿を見た者を石に変えてしまうメデューサという化け物が登場する。そのメデューサを勇者ペルセウスが討ち取ったとき、斬られた首から海に滴り落ちた血液が、この珊瑚に変わったというのだ。

南西側の障子が西日で黄金色に染まっていた。あと一時間ほどで日没だろう。

夕食の支度を手伝いたかったので、急いで続きをやってしまおうと思い、簪を桐箱に入れた。

ちょうどそのとき障子の隅で何かが動いた。

そちらを向くと、四枚引きの障子の右端に人影が映っていた。影の格好から、着物姿の女だと見て取れたが、ざんばら髪のようなのが異様だった。伸びあがってこちらの気配を探っているようで、微かに体を揺らしながら佇んでいる。こんなことをする人といえば、ひとりしか思い浮かばない。

私は冷静を保とうと努力しつつ、「キヨミ叔母さん？」と静かに呼び掛けた。

途端に、影がサッと左へ走った。急いで立ちあがって障子を開けるのと、影が左端に消えたのが、ほぼ同時だった。

ガラス越しに外の景色が露わになった、その刹那に、小径と庭の境で青もみじが突風に煽られたように揺動した。門と玄関を結ぶ小径であることから、キヨミさんが門の外へ逃げたのだと私は直感した。

ガラスを開けて、沓脱石にいつも載せてある下駄を突っかけて後を追った。

しかしキヨミさんは何処かへ走り去った後で、門の外まで出てみたが、見つけることができなかった。

血赤珊瑚らしき珠のついた簪を母に見せると、母は「これは、うちに置いておきましょう」と言って、二階に持っていってしまった。

私は、ためらった挙句、キヨミさんが来たことを誰にも告げなかった。入院中の病院に戻ったのだと強いて思い込むことにした。

それでも、再び来るんじゃないかと少し恐れていたのだけれど、翌日、私が帰る頃になってもキヨミさんは現れなかった。

――あれから十六、七年も経った。

あの時分、キヨミさんは五十代半ばで、たまにではあるけれど、病院を抜け出してくることがまだあった。

玄関からではなく、庭を横切って、和室の方から家に入ろうとすることも多かった。だから、てっきりキヨミさんだと信じていたのだが、三年くらい前に、妹から和室の障子に着物姿の女の幽霊が映るという話を聞いた。

私が見たときとそっくり同じで、黄昏（たそがれ）どきになると障子の右端に影が現れて、左端に向かって素早く移動して、消えてしまうというのだ。

それはキヨミさんだろうと私が笑うと、妹は真顔になって、どんなに急いで障子を開けてもいつも誰もいない、姿を消せるのだから幽霊に決まっていると言い張った。

幽霊かどうかはともかくキヨミさんではないと妹が信ずるに足る理由はあった。キヨミさんは、三年前のそのときには、病院から脱走してくることがすっかり絶え、父によると、お見舞いに行っても、ほとんどいつも無気力なようすでベッドに横になっているということだった。

「うちに来て実際に見ればわかるよ」

妹にそう言われたので、まさかと思いながら実家に行って和室で黄昏どきを待っていたら、かつて目撃したのと同じ人影が障子に映った。

右端に現れて、左端へ走り抜けようとする。

「キヨミさん！」

大声で呼びながら障子を開けると、視界に西日が溢(あふ)れた。

誰もいない庭は青々として、名残の陽射しが樹々の陰で不思議な模様を描いているだけだった。

そのとき、押し入れの中でけたたましくブザーが鳴りだして、何かと思えば家中の火災警報器がそこに集められていた。

押し入れを開けるとすぐに、触りもしないうちに、ヒタッ……と鳴りやんだ。

後で妹に聞いたところでは、家の数ヶ所に設置した火災警報器が真夜中に一斉に鳴ってしまうことが度々あるので、全部外して仕舞いこんでいたということだった。

しかし押し入れの中で、電池もなく電源も入っていないのに鳴ったのは奇怪すぎた。

この機にそれらは捨てて、新しいものを買い求めたいと妹は言っていた。

障子の人影と関係があるような気がしたが、論理的な根拠は何もない。

これもやはり理屈では説明できないことなのだけれど、私は、あの人影はキヨミさんの生霊だと思っている。

火災警報器を鳴らしたのも、たぶんキヨミさんだ。

何か伝えたいことがあるのか。

それとも、単に寂しいだけなのか。

そうかもしれない。

キヨミさんは昔、祖母にとても可愛がられていたようだ。

祖母が縫った着物を何枚も持っていた。すんなりした撫(な)で肩で、あの年代の人にしては上背があったから、着物がよく映えた。祖母の自慢の娘だったのだ。

晴れ着姿のキヨミさんが写ったモノクロ写真を二、三度、見たことがある。

豪奢(ごうしゃ)な振袖(ふりそで)の見事さと華やかな笑顔が鮮烈に印象に残り、色褪(いろあ)せた白黒写真だったのに、こうして思い返すと、色彩を纏(まと)った画像が浮かぶ。

最後にその写真を見てから二十年ぐらい経つけれど、未(いま)だに忘れられない。

あれほど悲劇的な記念写真はないと痛く思う。なぜ快復できなかったのか。

もう二度と彼女に会わずに済むことに安堵(あんど)している薄情者が悔しがっても仕方がないことだが……。

第三章　いきぬく女

【隅田河畔】

明治三大毒婦というものをご存知だろうか。

旦那を毒殺した妾、夜嵐おきぬこと原田キヌ。

一夜の代償を払わなかった男を切り殺した高橋お伝。

そしてもう一人が、花井お梅だ。

原田キヌと高橋お伝は、いずれも打ち首となった。

では、花井お梅は？

お梅も人を殺めた。

しかし彼女だけは生き延びた。起伏の激しい一生をがむしゃらに送り、五十三歳で病没した。

――奇しくも今の私と同い年だ。

元々、私には個人的に花井お梅との縁を感じることが二つあった。一つは、この本の企画を考えていた頃、たまたま出逢った東京文化財研究所客員研究員で歌舞伎などの商業演劇の研究がご専門の赤井紀美先生が、花井お梅を書くことを勧めて、資料を送ってくださったこと。

もう一つは、お梅の墓が、うちの近所にあったこと。

花井お梅は、西麻布二丁目の永平寺別院・長谷寺に葬られている。戒名は「戒珠院梅顔玉永大姉」。

うちから徒歩十分、距離にして八百メートルほど離れているが、よく訪ねる根津美術館のすぐ隣なので、一年ほど前にこのことを知ったときには、お梅の霊に導かれているように感じた。

お梅と私には因縁めいた縁があり、いつか書く運命なのだと勝手に思い込んだ。

墓のかたわらに、藤田まさとによる歌碑が建てられていた。

「十五雛妓であくる年　花の一本ひだり褄　好いた惚れたと大川の　水に流した色のかず　花がいつしか命とり」

歌碑の詩とは歌詞が異なるが、一九三五年（昭和十年）に藤田まさとが作詞した「明治一代女」は、戦前生まれの昭和世代なら誰でも口ずさむことができたという。

私は、祖母が着物を縫いながら歌っているのを何度も聞いたことがある。

「浮いた浮いたと浜町河岸に、浮かれ柳の恥ずかしや……」や「意地も人情も浮世にや勝てぬ、みんなはかない水の泡沫……」といったサビの部分だけなら、今でも思い出せるが、この「明治一代女」のモデルが、花井お梅その人なのだ。

そもそも、歌が出来る前に小説が書かれた。それより先に彼女が起こした事件やその半生を取材した新聞や雑誌の記事が多くの人々に読まれていた。

――花井お梅は、何をして、どのように生き抜いたのか？

彼女も、原田キヌと同じように芸者だった。しかし、元芸者で妾だったキヌとは違い、お梅には芸妓として一本立ちできる腕前があり、待合茶屋の女将になる好機を得ていた。釈放後も、女一匹、生涯独身で己の力でなんとかやりおおせた。

ひとりで生きて、ひとりで死んだ。

しかし孤独ではなかった。その証拠に、彼女は古馴染みの芸者仲間に看取られ、新内節を能くしたから、墓の塔婆立てには「新内節各派」の刻印が贈られている。

性格には、難があった――それが原因でやらかしたことは数多く、最大のやらかしが殺人だったわけである。

彼女について私が真っ先に想うのは、お梅・四十九歳のときの、こんな一幕だ。


――――――――――――――――

蓬莱座に芝居を観にきたのは、芸者が私の役を演じていると聞いたからだった。

なるほど世間の噂どおり、小花という若い芸妓が花井お梅、待合茶屋・浜野家の主人が八杉峯吉、幇間の桜川呂孝が車夫に扮して、下手な芝居を演じていた。芸妓の慈善演芸会だから素人芝居なのは織り込み済で、客席は小花や浜野家の贔屓筋で埋められているようだった。

いちばん安い平土間の席を買って、観はじめたときは冷静だった。

けれども、お芝居が始まると、すぐに記憶との相違が気になりだした。

私は、そんな陳腐な台詞は吐かなかった。

峯吉も、物も言わずに刺されて死んでいった。

二十五年前の、雨が降る夜の大川端は暗かった。

この浅草駒形町の蓬萊座のきらきらしい華やかさときたら、どうなんだろう。

嘘ばっかりだ。小花という芸者にも腹が立つ。

私が若い頃はあんなもんじゃなかった。

本物の役者が真面目に演るのは許せるけれど……。

「ちょっとッ！　誰に断ってこの狂言を出したのさッ！」

走りだしたら止まらない癖は昔からだ。怒りが噴きあがると矢も盾もたまらず、私は平土間から舞台へ駆けあがって、生意気な小花の胸倉を摑んでいた——

箱屋の峯吉を出刃包丁で突き殺したのは、お梅が二十三歳のときだった。

運命を変えた出来事を半端な芝居に仕立てられた彼女の怒りは理解できる。

しかし、それにしても……と呆れるばかりの気の短さと乱暴さ。そこにお梅らしさが凝縮されていると私は思うのだ。

主役に摑みかかっただけではない。お梅は舞台で本人だと名乗った。

「私が本物の花井お梅だよ！」

客席は騒然となったという。

このときの出し物は、人気芸者と待合茶屋の主などによる芝居「花井お梅濱町河岸峯吉殺し」。一九一二年（明治四十五年）のことで、浅草駒形町の演芸ホール・蓬萊座で慈善演芸会が開催された折のことだ。

山場の場面の真っ最中に、突然舞台に乱入した中年女が主役の芸者に摑みかかるという珍事、しかもそれが今まさに芝居で演じられている役の本人だというので、マスコミが飛びついた。

お梅は世間の話題にされることにはすでに慣れっこだったに違いない。恥も搔きなれていたはずだ。彼女は、そういう生き方をしてきたのだから。

お梅の本名はムメという。攘夷から開国へ向かう元治元年（一八六四年）、下総国佐倉藩の下級武士・花井専之助の娘として生まれた。

士分を失った花井家は貧苦に陥り、お梅は九歳で日本橋吉川町の岡田常三郎に養子に出された。代わりに花井家に大金が支払われたので、はっきり言えば売られたわけだった。

養父の岡田常三郎も、お梅が容姿に優れた女に育ちそうなことがわかってくると、置屋に預けて金を受け取った。またしても売られた次第だが、十五歳で柳橋の芸妓・小秀になると、みるみる頭角を現して異例の速さで頂点に上りつめ、十八歳で一本立ちした。

独立と同時に新橋に移って「宇田川屋　秀吉」と名乗りはじめた。豊臣秀吉の如く天下を取る意気込みで、次々に大金持ちの旦那衆を味方につけた。

やがて弱冠二十歳で、第百三十三国立銀行の頭取・河村伝衛が公然の旦那（パトロン）の座につくと、お梅は養父と離縁して、花井専之助の娘に戻った。

銀行頭取に湯水の如く金を与えられたお梅は、全盛を極めていた。

この頃、新橋の秀吉といえば、遊びに通じた人々の間では知らぬ者がない当世きっての人気芸者だった。

勝ち気で誇り高い、意地と張りのある性格に惹（ひ）かれる旦那衆が多かったという。

お梅の弱点は——すでにおわかりの通り——少しでも気持ちが傷つけられるや、カッと頭に血を上らせて辺りかまわず怒りを爆発させる直情径行と、酒癖の悪さだった。

辛抱強さとは対極の性質は、酔うと短気に拍車が掛かった。

何をしでかすかわからない危うさを見咎（みとが）める人もいた。

お雇い外国人のエルヴィン・フォン・ベルツは「人殺しでもしかねない女だ」とお梅を評していたとのことで、これが後にお梅が殺人犯として知られるようになると、千里眼めいていると話題になった。

さらに、お梅にはもうひとつ駄目なところがあった。

旦那にした銀行頭取は金に糸目をつけずお梅に貢いでいた。世間が公認し、しかも文句なく尽くしてくれる旦那であった。……にもかかわらず、お梅は歌舞伎役者の四代目澤村源之助（さわむらげんのすけ）に岡惚（おかぼ）れして、旦那に貢がせた金を、右から左に源之助の懐に流し込んでいたのである。

私は、第二章で、歌舞伎狂言作者の河竹黙阿弥が、妲己のお百の脚本を書いたと述べたが、これは三代目澤村田之助（たのすけ）に演じさせるためにあてがきしたものだった。

そして、お梅が入れ上げた四代目澤村源之助は、この田之助の芸を継承しており、お百をはじめ、歌舞伎で「悪婆」と呼ばれる毒婦・悪女の演技に定評があったという。

そんな源之助を愛人にしたお梅が後に毒婦と呼ばれ、お梅の事件を基にした歌舞伎まで作られたのは、運命の皮肉と言うほかない。

お梅と付き合っていた当時の源之助は歌舞伎役者として全盛期にあった。

しかし、「江戸最後の女形」と呼ばれて後世に名を伝えはしたが、歌舞伎役者として大成功を収めたかといえば、そうでもない。

作家の岡本綺堂は四代目澤村源之助について「殊にその光彩を放ったのは（中略）彼が二十四歳の冬より三十三歳の夏に至る若盛り」と『源之助の一生』に書いている。

源之助は三十代半ばで上方歌舞伎で役を得た後、東京に戻ってからは小芝居にばかり出演し、若い頃に大舞台で放ったような輝きは戻らなかった。

他説もあるが、お梅との醜聞が源之助の栄達を邪魔したとも言われている。

その醜聞に関わっていたのが、お梅に殺された箱屋の峯吉だ。

箱屋の峯吉こと八杉峯吉は、源之助の付き人だったのだ。

ある日のこと、峯吉はお梅にこんな告げ口をしたのだという。

「喜代次さんが源之助さんから着物を貰ったと自慢していらしたんですが、あれは秀吉さんが源之助さんに贈った衣装なんじゃありませんかね？」

喜代次は、秀吉ことお梅と並び立つ売れっ子芸者で、源之助を巡る恋敵だった。

少し前に、お梅は源之助に高価な舞台衣装を贈っていた。それを源之助はこともあろうにライバルの喜代次に下げ渡したというのだ。

「私がこんなに愛してるってのに、ちきしょう！　源之助め、殺してやる！」

……と、お梅は源之助を剃刀で襲った。

幸いすぐに助けが入って源之助は無傷で済んだが、大きな醜聞として噂が広まった。

なにしろお梅も源之助も有名人だ。

新橋芸者の秀吉と喜代次と四代目澤村源之助の三角関係だけでも面白いのに、秀吉が源之助に刃物で斬りかかったというんだから、世間で話題にならないわけがない。

この事件が元で、お梅と源之助の関係は断たれた。

お梅に要らぬ告げ口をした付き人の峯吉は、源之助に馘を言い渡された。

すると、お梅は、峯吉を憐れんで――源之助へのあてつけのようにも思えるが――自分の箱屋として雇った。

箱屋は箱丁とも言い、三味線の箱をもって芸者の供をする男のことだ。

峯吉は三十男でお梅より十歳以上年上だった。

このときの峯吉の胸中はどんなものだったか、考えてみる必要があると私は思う。

お梅も無事では済まなかった。逮捕されなかったのは不幸中の幸いだ。当然、評判に傷がつき、人気が落ちた。

そこで旦那の銀行頭取が一計を案じた……のかもしれないと私が感じただけで真相

は定かではないが、旦那から多額の資金提供を受けて、お梅は待合茶屋を開くことになった。

お梅、二十三歳の春のことだ。

江戸時代の待合茶屋は商人の集会や旅人の送迎などに用いる茶屋だったが、明治初期からの待合茶屋は東京では俗に「待合」と呼ばれ、芸者遊び用の貸席業者の店を指した。飲食は仕出しを取り、置屋とは異なって、芸妓（げいぎ）を外から呼び込むことが出来た。顔が広くて伝手（つて）が多くなければ経営が難しい職種で、密会に利用されることも多いことから信頼感も重視される。いくら名前が売れていても、二十三歳で直情型のお梅に女将（おかみ）が務まるとは思えないが、「あの新橋芸者の秀吉」を見たさに客が集まる可能性はあった。

場所は、その頃流行（はや）っていた日本橋濱町の濱町河岸。

江戸時代には敷地面積が数千坪を超える大名屋敷が建ち並んでいた界隈（かいわい）だ。ところが明治時代に入ると町の様相が一変、政界や経済界の大物が通う花柳の巷（ちまた）になったのである。

とくにお梅が店を開いた濱町河岸や、大川端と呼ばれた隅田河畔には、待合茶屋が集中していた。花街にもさまざまあるが、日本橋濱町には大型の劇場も幾つか出来ており、絵師や文人も移り住んできて、文化の発信地としての将来も見込めた。

これから待合を出すなら最高の立地条件だ。歳を取ったときのことを思えば、芸者一本でやっていくより良いだろう。性格があれだから、若干不安はあるものの、計画自体は間違っていなかった。

ただ、このとき、なぜかお梅は実父の花井専之助を営業鑑札の名義人にした。女でも待合茶屋の営業鑑札名義人になることができた。金を出した旦那だって、そのつもりだったのではないか。

それなのに、どうして……。九歳で売り飛ばされたことが、かえって肉親に対する強い執着を生み、父と自分を運命共同体にしておきたいと願ってのことかもしれない。

あるいは、自分を売った親にあえて恩を着せることが痛快だったのか……。

私がお梅だったら無職になった峯吉を雇いはしないし、こんな父親の籍に戻りもしない。男尊女卑が染みついている者や、若い者に恩を感じさせられる立場に置かれることに屈辱を覚える年輩者は、現代でもいる。

相手の自尊心が高ければ、恩に着るどころか逆恨みされてしまうかもしれない。ましてや、お梅の実父は零落した士族である。

峯吉は一人前の男で、にわか箱屋だ。二人とも、芸妓への尊敬の念を持ち合わせていたかどうか疑わしい。

だが、お梅は何ら危惧(きぐ)を抱かず、父を待合の主人に、峯吉を箱屋にした。

――事件のおよそ一ヶ月前、一八八七年（明治二十年）五月に酔月楼は開店した。

最近はあまり聞かなくなったが「士族の商法」と俗に言われる。

士分を解かれた侍たちが文明開化の世で慣れない商売を始めたところ、ことごとく頓挫したことから生まれた言葉だ。ひいては慣れない事業に手を出して失敗することや挫折が予想されるときの比喩として用いられる。

お梅の父、花井専之助は、文字通り「士族の商法」を実践した。

そうでなくとも待合茶屋は、大枚を落とす太い常連が何人かつくまでは赤字経営に陥りやすい。

開店直後から酔月楼の経営はつまずいた。

芸者としては一流だったお梅だが、自分の店の座敷に自ら出ると一銭も実入りがなかった。

峯吉に給料を払い、客のために車を呼べば車夫に、仕出しを取れば仕出し屋に金を払ってしまうと、お梅と専之助の取り分が残らなかったのだ。

いくらも経たず、お梅と専之助が金のことで言い争うのは日常茶飯事となった。

同じ頃、つまり酔月楼の開店直後から、金づるの銀行頭取が他の芸者に夢中になっていることがわかった。

最新流行の濱野河岸に立派な待合を持たせてやったことで旦那の気持ちに区切りが

ついてしまった……と解釈可能な事態で、お梅としては危機感を覚えざるを得なかっただろう。

峯吉とお梅がどんな関係だったのかも気になる。

お梅は警察に、峯吉に迫られたが拒絶したという供述をしている。

もしもお梅の供述が本当だとして、すでに箱屋をしばらくやらされていた峯吉が、あらためてお梅に惚(ほ)れるのは考えづらいという気がする。

今さらお梅と男女関係を持とうとしたなら、酔月楼を円滑に手に入れるための計算ずくのことだったのではないか。

作家の故・平林(ひらばやし)たい子(こ)は、『毒婦小説集』の花井お梅の章を、峯吉は酔月楼に金を貸し付けた上で店の買い取りを専之助に申し出て受け容(い)れさせたという設定で書いている。

そして峯吉は、店の登記を書き換えて酔月楼を我が物にした、というのである。

人気急上昇中の商業地だったので、峯吉が借金すれば可能なことだと私も考える。

ただの箱屋に金は貸せない？

いいや、酔月楼の名義人、専之助を保証人に立てればいい！

私が峯吉なら、人生を賭(と)して挑戦してみる価値あり、と思う千載一遇の好機だ。

酔月楼の三人のうちで、三十四歳の峯吉だけが世間智に長(た)けていたのではないか。

開店から十七日後の五月二十七日の朝、峯吉の入れ知恵があってかなくてか、専之助は突然、休業の札を貼り出した。

お梅は驚いて抗議した。すると彼は、今後は酔月楼の経営については自分が一切を仕切る、おまえには口出しさせない、と宣言した。

平林たい子説を採れば、休業中に登記の書き換えが済んで、酔月楼は峯吉の持ち物になる運びだったということになる。

そうなれば峯吉は乗っ取り成功、名義人ですらないお梅は、酔月楼にとって外野の一芸者に過ぎなくなる。

この事態に衝撃を受けたお梅は、専之助と言い争った後、酔月楼を飛び出した。

衝動に駆られて家出してしまったわけだが、十日余りも温泉や知人宅を泊まり歩くうちに、やがて興奮が鎮まってきた。

専之助さえ味方についてくれれば、酔月楼から放り出されずに済むかもしれないと思いつき、お梅は専之助との仲裁を第三者である某に頼んだ。

一八八七年六月九日、この運命の日に、彼女は某を酔月楼に送り込んだ。

ところが専之助はあいにく留守にしていて、代わりに某に応対した峯吉は、お梅が酔月楼に戻りたいと言っていると某から聞くと、こう言い放った。

「あんな者は、いてもいなくてもいい」

――某は、お梅にありのままを告げた。

お梅は、峯吉への怒りを抑えられなくなった。

拾ってやったつもりの峯吉が、何をどう吹き込んだのかはわからないが、世間知らずの父親を丸め込んで峯吉側の陣営に入れてしまった。

苦労して縁を結び直した実の父が、自分の人生から再び失われる。

酔月楼も、奪われてしまう。

夜までの長い時間を、お梅はあてどなくさまようことに費やした。

梅雨の時季で、その日も雨が降っていた。

ガス灯の明かりが雨に滲(にじ)んでいたことだろう。

一八七四年に京橋(きょうばし)から金杉橋(かなすぎばし)までに八十五基のガス灯が立てられて以来、繁華な街や大通りを中心にガス灯が普及していった。

東京が西欧風に衣替えしていった時代だった。

お梅は雨の中、ガス灯に照らされた煉瓦(れんが)と石畳の街を歩いた。酔月楼へ引き返したとき、彼女が決意していたことは……。

――――――――――

いつ止むとも知れない五月雨が夜の川面を仄かに白く霞ませていた。降りしきる雨で耳に半ば蓋をされている。傘を傾けて、私は峯吉を振り返った。

「今、私を呼んだかい？」

「呼んでやしませんが、どうしたんです？　こんなところに呼び出して」

「……峯吉の方こそ、私に話すことがおありだろうよ」

大川端の細川さまのお屋敷前に峯吉を呼び出したのは、真意を確かめたかったからでもあった。

酔月楼に私は要らないと言ったそうだが、それは真か、本心か。

けれども、車夫に呼び出されてやってきた峯吉のしらっとした顔を見たら、そんなことは訊くまでもないのがわかってしまった。

もう、私の箱屋に留まるつもりは微塵もないのだ、と。

飼い犬に手を噛まれたと悟ったとき、懐に呑んできたものに正義が宿った。

「こっちへ行こう」と私は細川さまのお屋敷の脇から路地へ、爪先を向けた。

大川端でもこの辺りはお屋敷町だ。二十年前までは、越中守、出羽守……と「守」の付く方々の下屋敷が隅田川と濱町川の間を埋めていたそうだ。ご維新で去ったお殿さまもいれば、細川さまのようにまだ屋敷を置いている方もある。

細川さまの石垣に沿った小径は、途中で鍵型に曲がっている。大川端や濱町河岸を照らすガス灯もあそこまでは光が届かず、地獄のように暗いはず。

今夜は月も雨雲に隠れている。

真っ暗闇を歩くのが子どもの肝試しじみて面白いのか、峯吉は私の真後ろでクックッと笑い声を立てた。

――冗談じゃないんだよ。

頃やよし、と判断すると私は番傘を捨てた。

「どうしやした？」

後ろから自分の傘を差しかけてきた峯吉は、私が懐から出したものに気がついて息を呑んだ。慌てて逃げかけて、こちらに背を見せた。

逃がすまじ、と、出刃の柄を両手で握って体ごと突っ込む。

初めの硬い手応えを越えると、あとは豆腐を切るように刃先が吸い込まれて、柄の根もとで止まるのを、さらに渾身の力で深く押し込んだ。

包丁を刺したまま前に逃げられそうになると、峯吉の体に全身でむしゃぶりついて、柄を手放すまいとした。

荒く乱れる息遣いと下駄が地面を噛む音だけが、激しい。

突然、峯吉に袂を掴まれた。藁をも掴むと言うが、着物の袖が肩から裂けそうなほどの力だった。掴まれた袂を夢中で振り払うとその拍子に包丁が抜けて、熱い飛沫が私の顔や喉もとに飛び散った。

私は出刃を暗闇に放り出し、向きも定めず走りだした。

ガス灯に照らされた家並が見えてきた。濱町河岸の路地の出口だ。

河岸の道から振り返ると、峯吉がこちらへよたよた歩いてくる。

路地から抜け出て、十間ほど峯吉は私を追ってよろめき歩いたが、雨戸を閉ざした小店の軒下で、背後から激しく突かれたかのようにドッとうつぶせに倒れた。

それきり動かず、静かに雨を受けているだけになった。

私はどこをどう走ったか、姿を人に見られたかどうかもわからず、気がつくと酔月楼の玄関に飛び込んでいた。

出迎えた父が私を指差して、「おまえ、それは」と絶句した。

見れば、着ていた白薩摩の胸もとが朱に染まっていた。雨に打たれて髷が崩れた髪から滴る水も赤かった。

「……お父っつぁん、私、峯吉を突っ殺しちまった」

土間に佇んだまま私がそう告げると、父は上がり框にガックリと膝をついた。

――――――――――――――――

お梅は出刃包丁を懐に隠して酔月楼の方へ引き返すと、店の前にいた人力車の車夫に峯吉への言づてを頼んだ。

「お梅が○○で待っているから来てくださいと、峯吉さんに伝えてちょうだい」

私は○○を隅田河畔（大川端）の細川邸前に勝手にしたけれど、本当は定かではない。

お梅が細川邸脇の路地で峯吉を刺したことは、裁判の記録などで明らかになっているので間違いない。また、峯吉が濱町河岸のとある店の前で絶命したことも。

そこで古地図を参照して、隅田河畔と濱町河岸を結ぶ細川邸脇の路地の位置と形状を確認した。

すると、この路地が途中で複雑なクランク（桝形路(ますがた)）になっていることがわかった。江戸時代には、大名屋敷への侵入者の直進を妨げたり外からの見通しを遮ったりする目的があったのかもしれない。

隅田河畔側の路地の出入り口の待ち合わせなら、往来の多い新大橋からも離れていて人目につきづらそうだ（当時の新大橋は現在より数百メートル南にあった）。

しかしながら、賑(にぎ)やかな濱野河岸側の路地の出入り口に峯吉を呼び出した可能性もある。

そこは酔月楼から近い。ただし顔見知りに見られる危険性が非常に高くなる。

もっとも、隅田河畔沿いの道にしても、雨降りとはいえ夜の九時では、人通りが完全に途絶えるか否かは疑わしい。

いずれにせよ殺害を成功させようと思えば、路地の奥へ峯吉を連れていく必要があった。

お梅は細川邸脇の路地で、無言で出刃包丁を峯吉の体に突き刺した。

午後九時頃だった。

刃が背中の右寄り下方の第十一肋骨と第十二肋骨の隙間に入ったのは、偶然だろう。

峯吉は刺された直後は歩けたものの、すぐに濱町河岸の閉店後の店の前で倒れて死んだ。

死因が大量出血による心肺停止だったことと、刺された位置から、おそらく包丁の刃先が肝臓を突き破ったのだと思われる。

刺されてから一分程度で意識不明に陥ったのではないだろうか。

返り血を浴びたお梅の凄惨な姿は、「血だらけで呆然と立っていた」「声をかけられても動顚して歩けなかった」といった証言があったことから推して、町の人々に目撃されている。

お梅は、峯吉の血を滴らせながら、蹌踉と川岸を歩いて酔月楼に帰った。

日中は外出していたが、このときすでに帰宅していた専之助の驚きは如何ばかりか。

お梅は父に付き添われて地元署に出頭し、その晩のうちに自首をした。

事件は、「花井お梅事件」「箱屋事件」「花井お梅の峯吉殺し」などと呼ばれて、長い間、新聞紙上を賑わせることになった。

まずは事件翌日に東京日日新聞が号外を出した。

「白薩摩の浴衣の上に藍微塵のお召の袷、黒繻子に八反の腹合わせの帯をしどなく締め、白縮緬の湯具踏みしだきて降りしきる雨に傘をもささず鮮血の滴る出刃包丁を掲げたる一人の美人」

私も他人のことはまったく言えない立場だが「講釈師、見てきたような嘘を吐き」と笑いたくなるような書き方だ。

血みどろと来れば、月岡芳年の出番である。

月岡芳年も日刊やまと新聞第二百六十三号の附録「近世人物誌」に「花井お梅」と題した錦絵を提供している。芳年の「近世人物誌」は一つの新聞記事を錦絵一枚で絵説きしたもので、やまと新聞の附録としてシリーズ化していた。

この事件によって、彼女より先に処刑されていた原田キヌ、高橋お伝の両名にお梅を加えた「明治三大毒婦」という呼び名が生じた。

そして事件は、キヌやお伝よりも息長く、さまざまなジャンルでドラマ化された。

河竹黙阿弥がお梅の事件を題材にした歌舞伎狂言作品『月梅薫朧夜』を書きあげて上演したのは、お梅が峯吉を刺した明くる年、一八八八年（明治二十一年）のことだ。これが大評判をとると、後に続けとばかりに戯作や実録風の小説が続々と刊行されて、花井お梅の名は全国津々浦々に知れ渡った。後には映画も何本も撮られた。

昭和時代になっても彼女の逸話は人々を惹きつけてやまず、一九三五年（昭和十年）、作家の川口松太郎は「オール讀物」誌上にお梅をモデルにした小説『明治一代女』を連載して、これと『風流深川唄』『鶴八鶴次郎』を合わせた三作品で、第一回直木賞を受賞した。

歌舞伎などによって事件が劇場化された影響は、死んだ峯吉にまで及んだ。河竹黙阿弥の『月梅薫朧夜』が上演された事件翌年、八杉峯吉の亡骸は、麻布の長谷寺から浅草今戸町（台東区今戸一丁目）の本龍寺にわざわざ改葬された。歌舞伎役者や芸妓などが居並ぶ中で大掛かりな法要が執り行われて、彼はあらためて弔われたのだった。

——ちなみに私は、お梅が計画的犯行を行ったという設定で書いているが、彼女自身は、峯吉を殺したのは正当防衛だったと警察の取り調べに対して供述した。

峯吉はお梅につきまとい、事件の夜、峯吉に頭を下げたところ、俺の女になれば専之助との仲を取り持ってやると言って、襲いかかってきたのだという。

そして抵抗して揉み合っているうちに、出刃包丁が刺さってしまったのだとお梅は主張した。

だが、この供述には無理がある。

峯吉を呼び出したのがお梅だというのは、車夫の証言もある揺るぎない事実だ。急に呼ばれて出向いた峯吉が出刃包丁を持参するとしたら、前々からお梅を強姦する機会を狙っていたことになる。しかし、刃物をちらつかせて脅すには場所が不適当すぎる。顔見知りだらけの近所、おまけに雨の夜の路上で、なんでわざわざ……。

私がそういう悪党なら、専之助をちょっと追い払っておいて、酔月楼の一室を脅迫と強姦の現場に選ぶ。

一方、お梅には、峯吉を殺す動機があった。

それは、待合茶屋を横取りされるかもしれないという危機感と、助けたと思っていた相手に裏切られた怒りだ。

しかも極端に短気な性格で、四代目澤村源之助を剃刀で襲ったことから血腥い暴力を恐れないことも読み取れる。

彼女が、峯吉さえ排除すれば専之助と二人で酔月楼を続けられると思いつめることには不自然さがないのだ。

だが、私が思うに、お梅が短慮に走らず、しっかり峯吉と話し合えば、おそらく丸く収まった。事実だけを追うならば、峯吉は、酔月楼を救済するために経営権を得ようとしたのだ、という峯吉寄りの解釈も成り立つ状況だからだ。

元侍の専之助と二十三歳のお梅には、待合の経営は荷が重すぎた。

客観的には、もしも店を売却するにしても、峯吉の助けを借りた方がよさそうに見える。

しかし、だとしたら峯吉は要らぬ一言を吐いた。

「あんな者は、いてもいなくてもいい」

――子どものときに父に売り飛ばされたお梅、養父にも置屋に売られた彼女にだけは、絶対に言ってはならない言葉だった。

お梅は謀殺罪の容疑で裁かれることになった。

凶器を用意して峯吉を呼び出し、人目につかない場所に誘い込んで殺害したことが、計画性ありと見做(みな)されたからだ。

旧刑法第二百九十二条「謀殺ノ罪」は「予メ謀テ人ヲ殺シタル者ハ謀殺ノ罪ト為シ死刑ニ処ス」と規定されていた。

この裁判は社会の注目を集め、経過が逐一報道された。

花井お梅に同情する声も高く、大岡育造らがお梅の弁護に立った。大岡育造は、明治から大正時代に数々の大事件を手掛けた高名な弁護士で、後に衆議院議長を長く務めた政治家でもある。

峯吉殺害から五ヶ月と十二日後の一八八七年十一月二十一日、判決が下った。

——本来は謀殺罪として死刑になるところ、憫諒すべき情状をもって、一等を減じ、無期徒刑とする——

お梅は勾留中に誕生日を迎えており、二十四歳二ヶ月で、市ヶ谷監獄に収監された。

この先何十年も、もしかすると死ぬまで監獄から出られないのか……と思われた。

しかし、明治二十二年の大日本帝国憲法発布の大赦令、明治三十年の英照皇太后御大喪の大赦令および減刑令と、受刑者への恩赦があり、お梅の懲役期間はこれらの特赦によって十五年に短縮されたのだった。

お梅の出獄の二年前に、世界は世紀の変わり目を迎えた。

一九〇三年四月十一日、花井お梅四十歳。

未だに世間は彼女を忘れていなかった。

出獄の予定日が報じられると、歌舞伎や演劇、錦絵や小説のモデルになった伝説の美人芸者をひと目見るために、野次馬連中が午前四時頃から市ヶ谷監獄に駆けつけた。

しかし、そうなることを見越していた監獄側とお梅の支援者は、四月十一日の午前零時半に、監獄の裏口からお梅を出させていた。

そのときも雨が降りしきっていたという。

兄や親類がお梅を出迎えた。

お梅には、実兄と親類がいたのである。九歳で養子に出されて途切れていた肉親との縁が、皮肉なことに、事件を通じて結び直された。

その兄の家が、お梅が殺人を犯した日本橋濱町にあったというのも、運命の悪戯（いたずら）だろうか。

兄たちが彼女に差し入れた着物は、二枚襲（がさ）ねの黒縮緬（ちりめん）で、花菱（はなびし）の三つ紋付だった。

盛装して、堂々と出獄したのだ。

帯は、滑らかで光沢がある生地に金糸銀糸など七色以上の色糸の膨れ織で模様を描いた豪華な繻珍（しゅちん）。紋付の黒い縮緬の小袖（こそで）に、鮮やかに映えたに違いない。

真新しい駒下駄をはいて釈放されると、お梅は、当面は兄の家に滞在して今後の身の振り方を考えることになった。

野次馬たちは深夜に釈放済だとわかると、肩を落として引き揚げていった。

――お梅はこうして、生き延びた。

けれども、その後の人生は苦難の連続だった。一九〇五年二月二十五日の東京朝日新聞は、出所から二年後のお梅の動向をこんなふうに揶揄している。

「出獄後の花井お梅が堅気な稼業に心を込め、罪を滅さんともがくことは世間に隠れもなき話になるが、とかく耳たぶが薄いと見えて、何の商売もヤンヤと行かず」

耳たぶが薄いと好運に恵まれないという人相占いのジンクス通りに、どの商売をしても上手くいかなかったというのだ。

出所した年の九月から、汁粉屋、洋食屋、小間物屋を始めたが、どれも続かず、おまけに銀行頭取を騙る詐欺師に騙されて、二年余りで一文無しになってしまった。

だが、お梅は転んでもただでは起きなかった。

彼女は、金が底をついたそのとき、殺人から詐欺にやられるまでの半生の芝居を自作自演したいと新聞記者に語ったとのことだ。

有言実行。お梅は、四十二歳で旅役者になった。

峯吉殺しの芝居を自ら演じながら、各地で公演しはじめたのである。

――これが、お梅が、浅草駒形町の蓬莱座で主役の芸者に摑みかかったことの背景であろう。

蓬莱座の件の時点ですでに七年もお梅自身が旅芝居で似たようなことをしていたた

めに、そして同じ芸者同士であったがために、余計に立腹したのだ。

気持ちはわかるが、この一件で、世間はとうとうお梅を見限った。

それからも細々と芝居を続けたが、もう注目されることはなかった。

五十三歳になると、お梅は新橋芸者として再起を図った。

一九一六年（大正五年）の夏のことだ。

源氏名は秀之助。

かつて名乗っていた「秀吉」と、父の名「専之助」を合わせたような名だ。

亡くなったのは、その年の十二月十三日。

肺炎に罹り、蔵前片町（蔵前一丁目）にあった精研堂病院に入院したが、助からなかった。

芸妓の喜代次が、お梅を看取った。

喜代次は、四代目澤村源之助を巡るかつての恋敵だった。

――花井お梅と酔月楼を偲びながら、現在の中央区日本橋浜町を訪ねた。

広大な庭を有したかつての細川邸と現在の浜町公園の位置は、ほぼ重なっている。

お梅が峯吉を刺殺した細川邸脇の路地は、浜町公園の南端の辺りにあったと推定できる。

細川邸跡が公園になるまでには、幾度もの変遷を経ている。

明治四十年代の前には、ここにあった旧細川家の長屋に、絵師の鏑木清方が住んでいた。

鏑木清方と花井お梅も、興味深い縁で結ばれている。

清方が峯吉殺害現場跡付近に住んでいたという偶然ばかりではない。

月岡芳年がお梅の錦絵を附録に描いた日刊やまと新聞は、鏑木清方の父、條野採菊が主宰していた。清方は少年時代に自宅で芳年に会っており、その面影を後年「大蘇芳年」と題して描いた。

月岡芳年の弟子・水野年方の弟子が鏑木清方なので、芳年と清方の結びつきも深い。

第二章で書いた芳年の妾、お琴の幽霊画を清方が持っていたという話もある。

また、鏑木清方は昭和初期に「明治の三美人」という三連作の美人画を描いていて、そのうちの一作の題が「浜町河岸」というのだ。

浜町河岸とは、酔月楼があった、あの濱町河岸のことに相違ない。

絵の中心に踊りの稽古帰りの少女が描かれ、背景に橋と町並があるのだが、これは清方が住んでいた旧細川邸内二號という長屋の辺りから新大橋と対岸の深川を見晴らした景色のようだ。

浜町公園を散策してみた……久しぶりに。

実は、浜町公園で息子と遊んだことが何度もある。七、八年前にもなるが、息子に水泳の個人レッスンを受けさせるために園内に建つスポーツ施設に通っていたのだ。

公園の正門から真っ直ぐに延びる明治座通りを進み、浜町公園前交差点を突き抜けて、さらに道なりに直進すると、浜町緑道公園に突き当たる。

浜町緑道公園は、江戸以来の掘割の、そしてお梅の頃の濱町川の跡だ。第二次大戦後から一九七二年までに埋め立てられて、一部が遊歩道付きの細長い公園になっているのだ。

浜町緑道公園の両側はビル街で、酔月楼をはじめとする待合茶屋が連なっている景色は想像できない。掘割の形状が公園の形に残されているばかりだ。

再び浜町公園の方へ引き返した。

公園のすぐそば、明治座通りに面して明治座が建っている。

演劇場の明治座は、もとは両国の小さな芝居小屋だったが、現在の場所の近くに移転、廃座、再開、焼失を経て、一八九三年（明治二十六年）、初代市川左団次（さだんじ）がこの地にあらためて「明治座」と名付けて劇場を築いた。

明治座も、花井お梅に縁がある。『明治一代女』他二作で直木賞を受賞した川口松太郎は、自身でこれを脚色して新派劇「明治一代女」として上演した。

それが初演されたのが、ここ明治座だった。

お梅は長くない生涯を懸命に生き抜いた末に、伝説の女として、百数十年の時を超越したのである。

【明治座】

二〇二四年に創業一五〇年を迎える明治座については、以前、第二次大戦中の逸話を入手した。

では、その頃の明治座へ。

父が言っていた広場へ来てみたら、真っ平に焼き均（なら）された地面に焼夷弾（しょういだん）が降りそそぐ焦熱地獄だった。

父は何処へ行ったのか。黒焦げの人影（ひとかげ）が火を噴きながら、もがいている。

あれらがまさか、生きた人間であるわけがない。

私と同じように、眼を血走らせて人混みを縫い、走りまわる者たちもいる。どんどん増える。

火から逃れてきた群衆が膨れあがると、やがて自在に移動することができなくなった。

人波に押し流されて、息が苦しい。もみくちゃにされながら、他の大勢と団子になって壁に叩(たた)きつけられた。

「明治座だ！」と誰かが叫んだ。

「建物に入る以外、逃げ道はないぞ」と別の誰かがまた叫ぶのが聞こえた。

偶然、私の目の前に小さなドアがあった。

ここから屋内へ逃げ込める！

私は咄嗟(とっさ)にそのドアを叩いた。

「開けて！　開けて！」

この辺りにも焼夷弾が雨と降りそそいでいる。私の隣にいた人が、たまぎるような悲鳴をあげながら炎に包まれた。両手を明治座に向かっていっぱいに差し伸べながら、大波にさらわれるかのように、火焔(かえん)の舌に巻き取られ、燃えながら喰(く)い殺された。

火焔が、次から次へと周りの人々を攫(さら)いはじめた。

今や、恐怖と焼かれる苦しさに、誰もが明治座の壁を叩いていた。

私も必死で、ひたすらドアを叩きつづけていた。

突如としてそれが開き、私は体を焦がす炎ごと、明治座の中へ吸い込まれた。

前のめりに倒れ込む……と、激しく音を立てて後ろでドアが閉じた。

そこは地下へ続く階段で、私は火だるまになって転がり落ちた。

——どれほど時が経ったのか。

私を押し包む暗闇が呻き声を放っていた。

いつのまにか体に着いた火は鎮まっていたが、呻く闇に私は怯えた。

そこへ、遠くから水音が聞こえてきた。

途端に水への欲求に衝きあげられた。

私は猛烈に水を求めながら、音を頼りに闇の底を這いはじめた。

人の腕や脚、胴体を踏み越えながら進んでいくと、仄かに明るんだ空間があった。

薄明かりに手を差し伸べるように、壊れた水道管が壁から突き出している。その先から水が流れ落ちて、ささやかで清らかな滝が生じていた。

滝のすぐそばには、蒲団に横たわったきれいな赤ん坊がいた。

私が水を飲みだすと、赤ん坊は、生命そのものという勢いで大きな声で泣きはじめた。

渇きが癒えると、急に悪寒に襲われた。

私は蒲団の赤ん坊のかたわらに倒れて、再び眠ってしまった。

——また長い時間が過ぎたようだった。

「夜が明けたぞ！」

どこからか、朝の訪れを知らせる声が……。

目が覚めた私は地上への道を探った。

手探りで階段を探りあて、這いあがってみれば、なぜか私が入った小さなドアではなく、明治座の正面玄関に通じていた。

正面玄関前の階段に腰をおろして、足もとに築かれた焼死体の山をぼんやりと眺めた。

私の心は静かに死んでいた。父のことすら忘れていた。

何時間か、放心して座り込んでいたようだ。

やがて墨色の焼け野原を一台の自転車が走ってきた。

私は漕ぎ手の顔も確かめず、言われるがままに荷台にまたがった。

「後ろに乗りなさい」

自転車は焼け跡の荒野を進み、ある場所で止まった。

私のうちがあったところだ、と、直感した。

「ヤエちゃんなの？」

振り向くと母がいた。

私は声が出せなくなっていることに、そのとき初めて気がついた。

喉が焼かれてしまったためだった。

失った声の代わりに、涙が溢れた。

同時に心が蘇った。

私は十八歳で、最近外科手術を終えたばかりの父を病室で看病していたのだ。空襲が始まり、病院で父とはぐれてしまった。患者の避難場所だと教えられていた広場でも会えず、逃げ惑う群衆に流されて明治座へ来て、地下室へ入れたために辛くも助かったのだった。

私は、顔と手足、喉と肺の熱傷に長く苦しんだけれど、死ぬことはなかった。

父は見つからなかった。母は父の行方を捜しつづけ、一度、父らしい人を見かけたと私に報告したことがあった。

空襲直下の惨状を思えば、私には信じられないことだった。

母は、母の見たいものを見たのかもしれない。

それから私と母は共に苦労を重ねながら、今も生きている。

一九七三年から翌年にかけて財団法人・東京空襲を記録する会が刊行した『東京大空襲・戦災誌　第一巻』の「日本橋区の人びとの記録」の章にあった、当時十八歳の少女の証言の一部を基に綴ってみた。

悲惨な体験と残酷な描写が続いているが、幾つかの奇跡が起きていることにお気づきだろうか？

地下に仄明るい場所があり、そこに壊れた水道管が小さな滝を現出させている。滝のそばでは、蒲団に寝かされていた赤ん坊が元気に泣く。

ヤエさんは蒲団に横たわって朝まで休む。

朝を知らせる声を聞いたように思って、手探りで階段を上る。元の証言を読むと、あって当然の赤ん坊と蒲団や水道管の描写がここでは出てこない。夜明けと共に消えてしまったかのようだ。

階段を上ったところ、入ってきたドアではなく、なぜか明治座の正面玄関に出た。放心状態のヤエさんに、焼け跡をどこからともなく走ってきた自転車の人が声をかけて、荷台に乗せる。

すると行き先も告げないのに、自宅の辺りに到着する。自転車の人はいつのまにか去っていて、ヤエさんは母親と再会するのだ。

……不思議なことだらけでしょう？

ヤエさんの証言が載っていたのと同じ「日本橋区の人びとの記録」の章には、当時二十歳の大学生のこんな証言もあった。

――その時、激しく炎を吹きはじめている明治座から『君が代』の大合唱が、目の前の防空壕のなかまで聞こえてきたのです。

はっきりと、今も耳に残っています。荘厳な大合唱という感じでした。

大勢の人たちが、一階から二階へ、だんだんと屋上に追いつめられながら、最期に歌っていたのでしょう――

明治座は、鉄筋コンクリート造の堅牢な建物で気密性が高く、空襲の際には避難所の役を果たすことが近隣住民に周知されていた。

これが仇となった。

建物が炎に包まれると、密閉度が高い屋内はたちまち異常な高温になった。

ところが、外に逃げ出した人々は一瞬で焼け死んだ。

それを見て、中に残った者たちは扉を閉めるほかなかったのだが……。

じりじりと温度が上がり、やがて明治座は巨大なオーブンと化して、逃げ込んだ群衆を蒸し焼きにしはじめた。

そのとき明治座で発生した死者の人数は、空襲直後の警察発表では三四八名だったが、この数字は民間では当時から疑問視されており、三〇〇〇人余りに上るとする説もある。

——ヤエさんは明治座で助かったと仰っているが、彼女が転げ込んだ小さなドアは明治座の屋内ではなく、何処かの異空間に通じていたのではなかろうか。

明治座に隣接する倉庫にも火に追われた人々が逃げ込んだが、惨たらしい最期を遂げている。二〇一五年三月二十日付の「週刊朝日」に載っていた話の一部を抜粋する。

——扉の中には木製の茶色いマネキンが裸でぎっしりと詰まっていた。

「なんだ、マネキンか」

戻ろうとした瞬間、警防団が一体引き出すと〝マネキン〟は口から血を吐いて（中略）どさっと倒れた。熱風で蒸し焼きになった人間だった——

明治座は、関東大震災の折にも焼失している。

第二次大戦中の一九四五年（昭和二十年）三月十日の東京大空襲でも焼け落ち、残骸を晒していた時期を経て、一九五〇年（昭和二十五年）十一月三十日にようやく新築で再開した。

こけら落としは、菊五郎劇団の歌舞伎「壽式三番叟」だった。

ところが、一九五七年（昭和三十二年）に、今度は漏電が原因の火災で、またしても全焼してしまう。

実は、明治座に改称する前の前身となった劇場も、明治時代に二回も焼失している。何遍炎の洗礼を受けても不死鳥のように蘇ってきた明治座は、二〇一九年に創業一四五年を記念して、アート集団チームラボが制作した新しい緞帳を公開した。明治座の原点とも言える文明開化期の日本橋が描かれており、最新のデジタルアートによって、現実の日本橋エリアの季節・気象・時間帯に連動して絵が変化する。景色だけではなく、そこに描き込まれた明治の人たちの営みも刻々と移りゆく。花井お梅や峯吉、月岡芳年や鏑木清方が、その中にいるかもしれないわけである。

財団法人・東京空襲を記録する会による『東京大空襲・戦災誌』は全五巻で、講談社が頒布元、編集は『東京大空襲・戦災誌』編集委員会」となっている。一巻が千五十ページ余りと大部で情報量が相当あるが、三年ほど前のある時期、私はこれを夢中で読みふけった。

なぜかというと、表参道大空襲について調べるうちに怪異に見舞われたので、第二次大戦の空襲について強い関心を抱いたからだ。

——同時に怪我をしたことを思えば、強制的に興味を抱かされたと言うべきか。

【表参道】

二〇一七年三月八日の夜九時過ぎ、神宮前四丁目で夫婦水入らずの夕食を済ませてから、表参道をそぞろ歩いて帰るところだった。

神宮前で行きつけのレストランに入った。そこからうちまでは六百メートル弱で、のんびり歩いても十分程度の距離である。

夫とワインをひと瓶空けていたので、ことさらゆっくりと歩を進めていた。

今夜は、五月中旬に発売予定の単行本を私が書きあげたことと、怪談実話では初めての単著『実話怪談　穢死』が少し前に発売されたことを、夫が祝ってくれたのだ。

五月の単行本については、その日の昼間に担当編集者と相談して、予定していた最後の一話を書かないことにしたばかりだった。

「第二次大戦中の話がラストで二話続いてしまうのってどうなんだろうと思いまして。すでにページは足りてますし、本としての内容は充実していると思うんですけど、削ってしまってもかまいませんか？」

こう電話で相談したところ、了承してもらった次第だ。

そうなのだ。当初は、今ちょうど歩いている表参道界隈を襲った山手大空襲の犠牲者が絡む話を巻末に入れる予定だった。

先日発売された拙著の新刊に、山手大空襲の中でも特に表参道付近の被害にまつわる話を収録した。核となる怪異体験談は、この辺りに実家があったという女性から去年の暮れ頃に傾聴したものだったが、読み物として内容を充実させるために、三ヶ月ほど前から地元取材や資料蒐集に励んだ。

その結果、山手大空襲について書きたいことがたまってきたので、五月の単行本にも書き下ろそうとしていたのだが、入れるとバランスが悪くなることに気づいたのだ。だから外してしまったわけだが、歩きながら辺りの景色を見るにつけ、後ろめたさが胸を嚙みはじめた。

新刊に入れた山手大空襲の話の終わりを、私はこんなふうに締めくくったのだった。

　——暗渠となった川の存在を、足もとに意識する。すると、死屍累々とした表参道の惨状が幻のように立ち現れてくるのだ。おびただしい亡骸が山積した上に私は腰かけて、語り部の声に耳を傾け、過去を調べては夢想を巡らす。しかし生きているとは、本当は誰しもこういうことなのではないか？　つまり屍者を踏んでしか、我々は生きられないのでは——

夕食をいただいたレストランの建物の前には、一九六四年に暗渠化されるまで隠田川という川があった。山手大空襲の直後は、川面に真っ赤に焼けただれた遺体が幾つも浮いていたという。火焔の激流が表参道を奔り、欅並木が松明のように燃えあがった。夥しい焼死体から溶け出した脂と焼夷弾の油が混ざりあった黒い油膜が路面に網目模様を描いた。青山通りから明治神宮に至る表参道には、ある者は黒く、ある者は狐色に焼きあがった、無惨な亡骸が数え切れないほど……。

「どうした？　黙り込んで」

夫に心配されて、我に返った。

「ああ……。あのね、本に書こうと思って調べたことを思い返してたの。山手大空襲というのが五月二十五日にあって、この辺りで人が大勢亡くなったんだよ」

「三月十日だけじゃないんだね」

「うん。下町の空襲だけを東京大空襲だと思ってる人が多いけど」

一九四五年（昭和二十年）三月十日の東京大空襲から、米軍は日本本土空襲の爆撃手法を低高度からの焼夷弾を中心とした夜間爆撃に改めた。

三月十日には三時間ほどの間に三十八万発もの焼夷弾が投下されて、死者が一〇万人以上に上ったことはつとに知られている。

しかし実はそれからも空襲は続いた。四月十三日には城北地域が、四月十五日深夜から翌未明には城南地域が、そして五月二十四日から二十六日にかけて東京で焼け残った地域がすべて焼き尽くされた。

山手大空襲は五月二十五日の夜十時過ぎから二十六日の未明にかけて行われ、死者約三七〇〇人を生んだ。下町に比べると死亡者こそ少ないが、投下された焼夷弾は二倍近く、これによって東京の市街地はほぼ壊滅したことになり、米軍は爆撃リストから東京を除外したのである。

「この表参道は、本来は明治天皇を祭る明治神宮の参道でね、そこの青山通りに市電が通っていたんだけど、交差点では乗客がみんな明治神宮に向かって最敬礼していたんだって。でも戦時中には、ここにもたくさん防空壕が掘られて……」

そこに逃げ込んだ人々は、みんな蒸し焼きになって死んでしまったというのだが。

現在の表参道は、有名ファッションブランドの旗艦店や洒落たショッピングモールが立ち並び、戦後に植樹された欅並木は青々としている。

しかし知ってみると、戦禍の痕跡が見つけられないわけではないのだ。

表参道の入り口に立つ一対の大灯籠は、よく見ると台座の傷みや変色が目立つ。

この欠けや窪みは爆撃の跡で、黒ずんだ染みは人肉の脂によるものだという。

爆風を避けようとして灯籠にしがみついたまま焼け死んだ人々がいたと言い伝えられている。

交差点に面した銀行の壁ぎわには、二階の高さまで遺体が積みあがっていたそうだ。二〇〇七年にこの銀行の前に空襲の犠牲者を悼む追悼碑が建ち、それを契機として表参道界隈の空襲体験記をまとめた『表参道が燃えた日―山の手大空襲の体験記―』という本が刊行された。そこに寄せられていた体験談にこういうものがあった。

――まともに回りが見えるようになって目に飛び込んできた光景は、銀行の壁に沿って積みあがった見上げるほどの焼死体でした。表参道の交差点の所は、熱風が渦になって逃げ惑う人々を巻き上げ、壁に沿って積み上げられたようです。大勢の大人が鳶口(とびぐち)と言う棒を使って一体ずつ引き下ろし、そのたびにぼっと燃え上がる火、それは言いようのない恐ろしさでした――

（「昭和二十年五月二十五日の記憶」より抜粋）

銀行の前の追悼碑には「和をのぞむ」という言葉が彫られ、花が供えられていた。

暗い想像を巡らせるうちに、私たちが住むマンションのエントランスに到着した。このマンションは緩い傾斜地に建っていて、坂の上から下に向かってエレベーターが三基並んでいる。エントランスは坂上にあり、うちは、いちばん坂下にあるエレベーターを使うので、エントランスの横にある短い階段を下りて、屋根付きの外廊下を歩いていく必要があった。

夫が先を歩いていた。私は彼についていったのだが、階段を下りようとした途端、右の足首を後ろから激しく摑まれた。

声をあげる余裕もなかった。前のめりに体が宙を泳ぐと同時に、摑まれた足首が後方高く吊りあげられた……と思ったらパッと放された。

一瞬の出来事だ。天地が逆さまになり、攪拌機に入れられたように感じた。私は階段を抗いようがなく転げ落ちていた。

自分ではどうしようもなかった。壁に左の側頭部を打ちつけて、ようやく止まった。

「おい、大丈夫か！」と夫が血の気の失せた顔で駆けつけた。

無事で済むわけがない。左手の人差し指から薬指まで爪が剝がれて血が噴き出しており、壁にぶつけた頭の左側は倍に膨れあがっているように感じた。

黒いタイツに隠れていて見えなかったが、右足首にも奇妙な灼熱感があった。

出血の激しい左手の指先をハンカチで押さえ、夫に体を支えてもらいながら、とりあえずエレベーターに乗ってうちへ帰った。

まずは鎮痛剤を吞んで、傷口を洗って自家治療を試みることにした。

明日になってもはかばかしく快方に向かわないようなら、病院に行くつもりだった。

少し落ち着いてみると、剝がれた爪以外は幸い打撲傷で済んで、骨折も捻挫もしていないようだとわかって安堵した。酷い痣になって多少腫れるかもしれないが……。

爪の処置に手間がかかったので、右の足首は後回しになった。

しかしタイツを脱いでみたら、にわかには信じがたい状態を呈していたのだった。

タイツには破れ目もない。なのに、摑まれたところが赤く地腫れがして、水疱が現れつつあった。ところどころ皮膚が剝けて血が滲んでいる。

……火傷のように見えた。

しかもその形を確かめたところ、五本の指をそなえた手の形をしていた。

自分の手を重ねてみると、私よりも一回り掌が大きな右手の痕だとわかった。

翌日、私は五月の本の担当編集者に再び相談して、山手大空襲についても何らかの形で書かせてもらいたいと言いながら、昨夜の出来事を打ち明けた。

本の序跋として山手大空襲に因んだことを書いていいことになると、大急ぎで綴って、その日のうちに入稿した。

さらに表参道を挟んで銀行の向かい側にある善光寺という古刹では、毎年五月二十五日に山手大空襲慰霊法要が営まれるのだが、ここにお詣りして戦災殉難者諸精霊供養塔に手を合わせ、空襲で亡くなった方々の安らかなることを願った。

その甲斐あってか、病院で診てもらう必要を感じないまま、傷は順調に癒えた。けれども、手の痕は黒ずんだ染みになってしばらく残っていた。なんとなく表参道の大灯籠の人脂の染みを連想させられて不気味だったものだ。少しずつ薄れて、二年も経ったら気にならなくなったけれど、以来ずっと真剣に、今の人間というのは堆積した死穢に咲いた花なのだと自らを戒めている。

——堆積した死穢に咲く花といえば彼岸花だ。

埋葬地では、生き物が遺体を喰い荒らさないように植えたのだという。彼岸花の根茎には毒がある。そのため虫除けや鼠除けの役を果たしたのだ。

つい先日、たしか十月二日だったと思うが、久しぶりに青山霊園で夜歩きした。一日中、うちに籠っていたので寝る前に外の空気を吸いたくなり、散歩しはじめたら自然に足が青山橋に向かっていた。

夜十時過ぎ、橋に差し掛かると南東の空に円かな月が輝いていて、十六夜の晩だったことに思い至った。

月を眺めながら青山橋を渡り、墓地中央交差点こと「ぼちなか」で自動車道から外れて墓地の奥へ分け入った。

昨日は少し雨が降ったせいか、いつもより苔の香りが強い。小径を気ままに辿っているうちに、外人墓地にやってきた。ここには私のお気に入りの仔犬（こいぬ）がいる。石で出来た丸っこい仔犬の像が、小さな棹石（さおいし）の前に据え置かれた墓があるのだ。棹石の表に「金道漢之墓」、裏には「光武（こうぶ）九年五月三十一日」と彫られている。前に調べたことがあるので、光武が旧韓国の年号で、この墓に眠る人が一九〇五年に亡くなったのだとわかっている。それ以外のことは何も知らない。

なんとなく、ここには幼い男の子が埋葬されているような気がしている。

死んだ男の子について想像するとき、私がいつも想うのはユキちゃんだ。

ユキちゃんがうちに来たとき思春期に差し掛かっていた私は、自覚していた以上に庇護（ひご）欲を膨らませていたのかもしれない。

母性という雑な言葉では括（くく）りたくない。

けれども、息子を産んだら、保護と支配と己との一体化が「可愛い」と感じる熱い気持ちで貼り合わされてしまった。私の息子への執着は合理性を欠き、我ながら気色悪いと自覚するときもあるが、治し方がわからない。

赤ん坊のときのユキちゃんや見たことのない十二歳のユキちゃんを想い描きながら、私は「ぼちなか」へ戻った。

十字路で杜（もり）が途切れると、急に披（ひら）けた空に十六夜の月が顕（あらわ）れた。

それからまた青山橋を渡って、うちの方へ引き返しはじめたのだが、五十メートルぐらい先を少年を連れた女が歩いていた。

親子と思われた。女はすらりと丈が高く、少年は頭半分ほど女より背が低いが、こちらも細身の体つきだ。

変わった点は女が着物姿であることだ。私も四六時中和装をしているけれど、町中で同好の士に遭うことは少ない。訪問着で盛装した人なら結婚式の帰り道かと思うところだが、女の着物はたぶん地味な縞か何かで、遠目には鈍色の無地に見えた。ああいうのは普段着だ。亡くなった祖母や私が纏っているのと同じ類の。

暗い色の衿から立ちあがった首が花茎のように長い。少年も首から肩にかけて繊細に整った形を持っていて、区立中学の制服のような格好が端然ときまっていた。

きれいな親子だこと、と、羨ましく思いながら後ろを黙ってついていった。

川の幻影を感じながら橋を渡りおえて、舗装された歩道をうちの方へ向かっていく。前の母と子は、うちのマンションの方へ路地を曲がった。ご近所なのかしら、と思いつつ尚も後をついていく……と、また私が行く方へ道を折れた。

二人が折れた角を私も曲がる。すぐそこにマンションのエントランスがある。私は彼らがガラス扉を入っていくことを心のどこかで期待していた。

エントランスの右横へ向かうすんなりした後ろ姿たちを認めたときには、予想があたったことで軽い嬉しさを覚えたほどだ。

二年半前に転がり落ちた階段の上に立つと、薄暗い隧道じみた外廊下をしずしずと歩く二人の後ろ姿が見えた。

親子は私のうちへ向かうエレベーターの方へ進んでいった。廊下を左に入るとエレベーターホールがあるのだ。私は彼らとエレベーターに同乗することを予測した。話しかけてみようと思い、少し胸を躍らせた――私も着物が好きなんです、とか、うちにも息子がいるんです、とか――

しかし、エレベーターホールに二人の姿はなかった。

拍子抜けした私は、ホール後方の階段を振り向いた。階段を上っていったのかもしれないと咄嗟に思いついたのだが、そこも無人で、足音もなく静まり返っていた。

そのとき、ボタンを押していないのに、エレベーターのドアが開いた。

乗るのを躊躇した。エレベーターの匣には異常なところは見受けられず、無機質な蒼白い照明が隅々まで照らしている。何の気配もない。

ためらった挙句に乗り込んだ。こういうことは以前もあった。息子がうちの階から乗ろうとしたら、ボタンを押すより早く、エレベーターの匣が開いたことがある。息子は神妙な顔をして「乗るよ」と決意表明をしながら匣に入ると「いってきます」と、いつになく真剣に私に告げたものだった。四、五年も前の出来事だ。それで別段、何事も起こらなかった。

階数ボタンを押すと——ちなみに四階だ——匣が閉じて上昇しはじめた。

無事に着いて、エレベーターから降りた。

玄関に入り、誰もいない真っ暗な部屋に向けて、「ただいま」と声を投げた。

かつての監督、今や二十年も連れ添った夫は留守で、息子は留学中だとわかっているのに、たまに、本当は二人とも、あるいは少なくとも息子の方はすでに亡くなってしまっているのではないか……と、思えてくることがある。

そのときがまさしくそうだった。

私の息子が実はもう幽世に旅立っているのではないかと思われてきて、怖くなった。

——ユキちゃんのように死んでしまったのではないかしら。

もしも私がキヨミさんなら、私はユキちゃんと逢うために病院のベッドから魂を飛ばす。

生霊になってユキちゃんの霊と再会を果たす。

魂になってしまえば、病みつく前の健やかできれいな女に戻って、きっとユキちゃんの哀しみを解いてあげられる。

病みはじめたばかりの頃のキヨミさんを私はいくらか憶えている。

冬の晴れた午後に、祖母が縫った着物に二人で着がえて、私が通っていた幼稚園の庭へ行ったことがあった。考えてみれば、それも異常な行動ではあったが、当時四歳の私はおかしいとも思わず、キヨミさんが向けたカメラの前に笑顔で立った。

そのときの写真を今でも持っている。キヨミさんの写っていない、キヨミさんの写真だ。

キヨミさんはほがらかで、「不二家(ふじや)のノースキャロライナ」という渦巻きや花形の模様入りのヌガーキャンディをいつもバッグに入れていて、妖精(ようせい)や幽霊のような少し怖いきれいさを持っていた。

それより前のキヨミさんは、思慮深くて大人しい、優しい人だったそうだ。突拍子もない言動がちょっとだけ目立ちだした頃であっても、キヨミさんはみんなに好かれていた。ああいうキヨミさんのままユキちゃんを産んで育てられなかったのは、なんと不幸なことだろう。

——親子らしい女と少年を見た夜から数週間が過ぎて、今、私は、あの二人はキヨミさんとユキちゃんだったのだと理由もなく信じ込もうとしている。

【東京の娘】

姪(めい)っ子と連れだって団地の屋上に上ると、間もなく完成する首都高の向こうに紅白のアドバルーンがいくつも浮かんでいた。さらに上空を飛行船が全身をきらめかせながら鯨のように悠々と泳いでいく。私は父のコンパクトカメラを急いで構えた。

姪っ子は歓声をあげたかと思うと、飛行船の横腹に書かれたカタカナを声に出して「キ・ド・カ・ラー」と読みあげた。次いで、アドバルーンを数えはじめる。

少し変わった子だ。いつも絵本を読むか、母のそばに座って縫物の真似事をしていて、あまり動きまわらない。義姉(あね)から、なるべく外で遊ばせてほしいと言いつかっていた。

義姉は赤ん坊を連れて、四、五日、実家で骨休めをするという。この子だけおいてけぼりではかわいそうだと思ったが、幼稚園を休ませたくないとかで、うちに預けていった。

兄たちは同じ都営下馬(しもうま)アパートの上の階に住んでいて、父が無職で私も会社を辞めたのを知っているから、気軽に姪っ子を預けにくる。

母は着物を縫うので忙しいし、父は碁会所に行ったきり夕方まで帰らないため、私が幼稚園の送迎と遊び相手を務めるのが常だった。

今日は母が取引先の呉服店に行っていて留守だった。今の内とばかり、幼稚園から連れかえるとすぐに正月用の晴れ着を着せてやり、私も着物に着替えて、外へ出たわけである。

「お祖母ちゃんとキヨミちゃんちのテレビはキドカラーだよね。いいなぁ」

「兄さんたちは家を建てるために節約してるのよ。引越したらカラーテレビになるよ」

「ヒッコシってなぁに？」

「よその場所に行って住むこと。別のおうちで暮らすようになるの」

四歳では理解できないかもしれないと思ったが、姪っ子は衝撃をあらわにして「キヨミちゃんちの上の階に、ずっといるのがいい」と目に涙を溜めた。

「ごめんごめん。何年も先のことだよ。さあ、暗くなる前にどこかへ行こうね」

アドバルーンの上がっている方角から推して、太子堂の百貨店が歳末大売り出しの最中だ。行ってみたくなったけれど、姪っ子は喜ばないだろうと思案していたら、

「不二家に行こう！」と嬉しそうに大声を張りあげた。

「今泣いた烏がもう笑った」

三軒茶屋駅前の不二家の二階で姪っ子にパフェを奢ってやり、ふと思いつきで路面電車に乗った。隣り合って座席に腰かけると「私、本当は電車が大好きなんだよ」と姪っ子はさも重大そうに告白した。「知ってる」と私は笑いを嚙み殺した。

つい最近、山手線新宿駅のホームで迷子になった姪っ子が二時間近く経って渋谷駅で保護された話は、義姉たちから聞いている。山手線をあと二駅で二周するところだったとか、渋谷駅のホームで駅員に発見されたとき少しも泣いておらず、駅長室でお菓子と風船を貰ってご機嫌だったとか。

「ママは私と電車に乗るのがもう嫌なんだって」

「今だけだよ。……ノースキャロライナ食べる？」

「うん！　お花の、ある？」

白とピンクの薔薇模様のヌガーを選ってあげた。

やがて私たちを乗せた緑色の丸っこい電車は、終点の下高井戸駅に到着した。

反対側のホームに行って三軒茶屋駅行きに乗り換えた。

来た道をひき返しながら、次はどこへ行こうかと考えあぐねた。

そこで私は「何が好き？」と姪っ子に訊ねてみた。

姪っ子は「幼稚園！」と答えた。

三軒茶屋駅から幼稚園まで、手をつないで歩いた。姪っ子の手はちょっとベタついていて温かく、パフェとヌガーの匂いがした。

歩きながら姪っ子は幼稚園の聖歌隊で習っている賛美歌を聞かせてくれた。

「いーつくしみふかーき、とーもなるいえすはー、つーみとがうれいーをとりさりたもぉー」

女子大の敷地の横を歩いていくと、間もなく教会の十字架が見えてきた。

「建物の中には入れないよ」と私は言い、姪っ子を教会の庭に立たせて写真を撮った。

「どうして入れないの？　今日はもう幼稚園がおしまいだから？」

「そうよ」私は嘘を吐いた。シスターたちに見られたら、こんな格好で来た理由を訊ねられるに違いない。わけなど存在しないのだから困る。

ふいに、姪っ子を放り出して何処かへ逃げ出したくなった。

私はこの世界に合わない。

「結婚したくないなぁ」

「キヨミちゃん、お嫁さんになるの？　いつなるの？」

「来年の春。半年ぐらい前に、お見合いしたんだよ」

姪っ子は「ふうん」とつまらなそうにそっぽを向いた。「お見合い」は幼稚園児の語彙（ごい）にないのだろう。

「幼稚園に入りたいな」と私は思ったままを呟（つぶや）いた。

真っ直ぐに帰らず、団地のそばの児童公園へ行き、迷路やブランコで遊んだ。二人とも着物が滅茶苦茶になったけれども、着崩れたり土がついたりするのが痛快だった。

母に叱られたら、着物を引き裂いて暴れてやる。

婚約者は埼玉県のお寺の跡取り息子で善い人そうだし、結婚生活が嫌なわけではないけれど、私は、言うならば此の世から脱線しかかっているのに、素知らぬ顔で続けていくのが辛くてたまらなかった。

「さっき乗った路面電車が、線路じゃないところを走ったらどうなるんだろうね？」

「動物園や遊園地に行くといいね！　お友だちとキヨミちゃんとパパとママとお祖母ちゃんとお祖父ちゃんと……みんなで乗って行きたい」

「幸せなんだなぁ。幸せな子は、ひとりでおうちに帰りな」

「嫌だ。キヨミちゃんと一緒に帰る」

「駄目。ひとりで帰りなさい」

ベソをかく姪っ子を連れて帰宅すると、先に母が戻っており、「まあ！」と言ったきり絶句した。

「写真を撮った」と私は母に言った。

「……そういうことじゃないでしょう。どうして着物なんか……。ああ、ああ、泥だらけにしてしまって！　どういうつもりだい！」

「公園に行ったから。不二家にも連れていった」

「……なぜ普通にしていられないの？　それに、こんなに泣かせて。……ほれ、あんたも泣きなさんな。お祖母ちゃんが着替えさせてあげよう。一緒にお風呂(ふろ)に入るかい？」

私は自分の部屋に入ると襖(ふすま)を閉めた。着物を引き裂くことも暴れることもなく、服に着替えて綿入れを羽織ると、財布と洗面道具とタオルを持った。

襖を開けて母と姪っ子に告げた。「弘善湯(こうぜんゆ)さんに行ってくる」

「うちで入ればいいじゃないか」

「狭いんだもん。銭湯の方がいい」

「じきに夕飯にするから。済んだら真っ直ぐ帰っておいで！」

私は返事をせずに外へ飛び出した。

いつの間にか黄昏(たそがれ)も終盤で、薄暗い団地の道を街灯が照らしていた。全部で六二七戸もあるアパートの各家庭でそれぞれに生活が営まれているのだと思うと空恐ろしくなった。秋刀魚(さんま)を焼く匂いやライスカレーの匂いがどこからともなく流れてくるのがたまらない。

首をすくめて急ぎ足で銭湯に向かっていたところ、途中で不思議なものに遭遇した。綿入れを着た女がひとり、道に背中を向けて佇(たたず)んでいたのだ。

薄暗くて横顔がよく見えなかったが、全身の佇まいが私に似ており、背筋が冷たくなった。

振り返らずに横を駆け抜けて、銭湯に行った。

帰りは、嫌な予感がしたので、別の道を通ることにした。

それなのに、また同じ女を見てしまった。

今度も道に背中を向けて立っていた。

嫌なものを見たと思い、走ってうちへ帰った。

玄関に入ると、父が食卓を整えていて、手を止めずに「おかえり」と私に言った。

ギンガムチェックのビニールクロスを掛けた食卓に、炊き立ての米飯の甘い匂いが流れて、２ＤＫの部屋は煌々(こうこう)と明るかった。

姪(めい)っ子と母の楽し気な会話と湯の音が、浴室の方から玄関の三和土(たたき)まで届いていた。

すっかり安堵(あんど)して、偶然おかしな女が近所を徘徊(はいかい)していただけだと思うことにした。

「そろそろバアサンたちが湯から上がるから、味噌汁(みそしる)をあっためてよそってくれるか」

「わかった。ちょっと待って。上着を置いてくる」

私は綿入れを脱いで、自分の部屋の襖を開けた。

すると、暗い部屋の真ん中にさっきの女が背中を向けて突っ立っていた。

――キャアッと大声で悲鳴をあげて仰向けに倒れた、と、後で父から聞かされた。

気絶していたのは、ほんの数十秒だったようだ。

悲鳴を聞いた母が裸で浴室から飛び出してきて私の頬を叩いた。それで、「やめてよ」と言いながら私は目を覚ました。

背を向けていた女は私と背格好がそっくりだと思ったけれど、翌朝、最初に姿を見かけたところに行ってみたら、花束が供えてあったから私ではなさそうだ。

つまり、幻覚ではなかったようだ。

場所は団地の中の車道である。地面をよく見ると鏡の破片が落ちていた。サイドミラーが割れたものだと思われた。

たぶん、誰かここで交通事故で亡くなったのだ。

そう言えば一昨日の深夜に救急車やパトカーがサイレンを鳴らして、うちの棟の下を駆け抜けていったっけ……。わざわざ見に行かなかったが、たぶんあのときだ。

私は、事故死者の霊を家に連れてきてしまった、ということだ。

――後ろ向きの女は、それからもたまに私の前に現れた。

たいがいは道端に佇んでおり、ときどきうちにも出てきたが、呼吸を一往復するほどの間でパッと消えてしまう。

だんだん慣れて、怖くなった。生まれつきらしい茶色がかった髪や、肩幅の狭いほっそりした体つきなどが把握できて、着ている服もその都度、見てとれるようになった。

結論を言ってしまえば、後ろ向きの女は、やはり私に違いなかった。

両親に言っても信じてもらえそうにないので、姪っ子にだけ話した。

怖がるかと思ったが、姪っ子は後ろ向きの女を見たがった。そこで現れたら教えると約束したら、幼稚園の帰り道に出遭えた。

団地内の辻の一隅で、紅い花をつけた山茶花の植え込みに顔を埋めて佇んでいた。

私が差し示して教えると、姪っ子はそちらを眺めた後、怪訝そうに私を振り向いた。

「あの人こっちを向いてるよ？　キヨミちゃんじゃないよ？」

「え？　後ろを向いて、今日は私の黄色いオーバーを着ているじゃないの……」

「違うよ。ジーパンを穿いた髪の長いオニイサンだよ」

「山茶花の木のところに立ってるんだよ？」

「そうだよ。オニイサン、キヨミちゃんのことをじっと見てるよ。お友だちなの？」

「……知らない人だよ」

それから間もなく、団地内でオートバイの死亡事故があったことを回覧板で知った。車などと衝突したわけではなく、ひとりで転倒して打ちどころが悪く、亡くなってしまったとのことだった。十七歳の少年が運転する小型バイクだったという。

死んだ少年に対して冷たすぎる書き方で、最後は「自動二輪車を運転するときは、なるべくヘルメットを被りましょう」「団地内でスラロームなど危ない運転をする自動二輪車を見かけたら一一〇番通報しましょう」などと結ばれていた。

「団地の道路は車が通らねぇから、不良がバイクの練習をしにきやがるんだ」

「危ないねぇ」

と、父と母も死んだ子に対して微塵も同情しておらず、私の気持ちを暗くした。

姪っ子だけは、「かわいそうだねぇ」と幼いなりに人情があるところを見せた。

「事故で死んじゃったの？　いつもキヨミちゃんを見てるのにねぇ」

「私には後ろを向いた私に見えるのに、不思議なことだわ」

「オニイサンだよ」

こんなことがあったせいだろうか……。まったく眠れなくなってしまったので、通院している精神科で睡眠薬を処方してもらった。両親や兄、義姉と、婚約者に知られないようにしようと打ち合わせして一年も前から診てもらっているけれど、よくなった気がしない。

山茶花が終わる前に片をつけなければいけない。

私という路面電車は軌道を外れてしまって、何処へ行くかわからなくなった。それなのに結婚するなんて、とんでもないことだ。

春など、永遠に来なければいい。

後ろ向きの女は私で、やっぱり合ってる。

明日(あした)にでも、私は世界に背を向けて、果てしない眠りへ沈んでゆこう。


――――――――――――――――――――――――――――――


幼い日々の追憶に必ず出てくるものは、円(まど)かな輪郭をした路面電車とアドバルーン。それから、銀のボディに赤でキドカラーと書かれた飛行船、ノースキャロライナという袋入りのソフトキャンディ、三軒茶屋の交差点付近や太子堂の辺りの商店街、カラフルな立体迷路や陸橋付きの大型遊具があった「こどものひろば公園」、そして無機質な四角い中層ビルからなる都営団地の光景も、記憶の再生に欠かせない。

あとは、結婚前のキヨミさんと四歳の姪っ子(私)の話には書かなかったけれど、世田谷線の線路のそばに駄菓子屋があって、そこにも三日にあげず通っていた時期があった。

――今では本当に遠くなってしまった昭和四十年代の風景だ。

高校の頃、久しぶりに三軒茶屋に行ってみたら、昔と駅の位置が違っていて驚いた。さらに今から五年ほど前にまた用事があって訪ねたら、太子堂の茶沢(ちゃざわ)通り商店街にあった百貨店がなくなり、世田谷通り沿いに巨大な「キャロットタワー」が出来ていて、その他にも周辺に高層のビルが幾つも建っており、東京の変化の規模の大きさと目まぐるしさを実感した。

考えてみれば、私が生まれた頃は首都高もなかった。

三軒茶屋の玉川(たまがわ)通りを覆っている首都高速三号渋谷線が開通したのは一九七一年(昭和四十六年)の十二月二十一日のことだ。

その約三年前までは空を遮るものは存在せず、玉川通りには東急(とうきゅう)玉川線が渋谷まで軌道を敷いていたそうだ。玉川線が廃止になって、三軒茶屋から下高井戸までの支線だけが世田谷線として生き残った。

だから私の古い記憶にガタゴトと登場する路面電車は、世田谷線なのである。

今の角張ったデザインの車両ではなく、やけにふっくらと丸っこい顔をした可愛い電車だった。

昔の三軒茶屋界隈(かいわい)の商店街は、戦後の闇市由来の雑駁(ざっぱく)な賑(にぎ)やかさを持っていた。

一、二階建ての個人商店と中層のビルが入り乱れ、映画館が五つもあって、ロードショーや新装開店を宣伝するチンドン屋を頻繁に見かけた。

しかし、けして清潔な街ではなく、あちこちに痰(たん)ツボがあり、ドブの下水が臭(にお)い、路肩には煙草の吸殻の吹き溜(だ)まりができていた。

美しいとは言い難い光景なのに温かい気持ちで懐かしむわけは、キヨミさんの言うとおり、私が幸せな子どもだったから。

当時は父が高校教師を辞めて大学院に入ってしまうなどの諸事情があって、うちは貧乏だったはずなのに、両親は、なぜか私を私立の幼稚園に入れて絵本や図鑑を与え、休日には美術館や博物館に連れ歩いてくれた。

ただし、うちのテレビは白黒のままで、風呂も自動車もなかった。

下の階の祖父母と叔母の部屋には、浴槽付きの風呂場があったので、ときどき入りに行った。しかし銭湯に行くことの方が多かった。お祖母ちゃんちの湯船ときたら大人は「体育座り」してもキツくて、洗い場も狭く、シャワーもなかったのだ。

銭湯は、蒸し暑い夏はせっかく体を洗っても帰り道にまた汗まみれになってしまうし、冬は冬で、うちに辿りつくまでにすっかり体が冷えてしまうのだが、不思議と苦にならなかったものだ。湯船で泳ぐのが面白かったし、入浴後のフルーツ牛乳も楽しみだった。

父方の祖父は浅草の人でべらんめえだったが、祖母は埼玉県出身のはずなのに東京の山手風の言葉を話した。取引相手である老舗の呉服屋や裕福なうちの奥さま方といった人たちに侮られないように、彼らと同じ話し方を心がけていたのかもしれない。

昔、東京の山手と下町では明らかに人が住み分けていた。また山手と下町は、字面そのままに土地の標高の高低を表してもいた。

台地になった高台が山手で、谷になった低地が下町だ。そして高台にはお屋敷や寺院が多く、低地には庶民の長屋と商店が多い傾向が、第二次大戦の空襲で焼け野原になるまでは顕著だった。

だから住人に違いが出たのだが、今はそういうことはない。

しかし、どんなに街の様相が変化しても、大まかな地形はある程度残っている。

『江戸東京坂道事典』という東京中の坂道の故事来歴を紹介する本があるのだが、この冒頭の端書に、江戸の名所を描いた絵の特徴を指す「山手の坂、下町の橋」という言葉が出てくる。山手は丘陵と谷が入り組んでいるので坂道が名所になっていることが多く、対して下町は川や堀が多いため、名所に橋が多いというのだ。

実際、現在でも山手には坂道が多く、下町には橋が多い。

山手については、谷戸の地形がよく保たれていると言い換えることもできると思う。谷戸というと、一般に小高い丘と谷間が綾(あや)なす緑の丘陵地帯がイメージされるが、実は青山霊園のある南青山から麻布、赤坂の辺りも、新宿、渋谷も、高層ビルや立体交差した自動車道などに目眩(めくら)ましされているだけで、地形は谷戸である。

だから都心部は坂道だらけで、下町ほど多くないし大半は暗渠(あんきょ)化されているけれど、かつては川の流れる谷もあった。

東京は坂と川の街——故に「境界都市」なのだと言ったら牽強付会が過ぎるだろうか。

思えば、ユキちゃんらしき少年やキヨミさんとユキちゃん親子と思しき霊たちに邂逅したのも、橋の上だった。

青山霊園で不思議な白い彼岸花を見たところから、私の中で記憶の堰が崩れて、連想の奔流に押し流されるままに、東京の幽世と現世を往還した。

いにしえから人々が絶えず生まれては死ぬことを繰り返してきた街に於いては、人は誰しも死穢の大地に咲く一輪の花のようなものだとこの本の中で書いた。堆積した無数の死霊が一斉に現れたら、東京には立錐の余地もないだろう。ところが時には生霊までもが現れるにもかかわらず、人が霊に遭うことはとても稀だ。ならば、想いの深さが霊を招いているのに違いない。

私は希う。

希った人の霊が、あの坂道を通り、この橋を渡って訪ねてくるように。

私は希う。遥かに遠いあの人のもとへ訪れたい、と。

いつか私にも、逢いたい人のもとへ魂を飛ばす夜が訪れるやも。

——また会う日を楽しみに。想うのはあなたひとり。

解説

東　雅　夫（アンソロジスト）

川奈まり子の著書に文章を寄せるのは、今回が二度目となる。

一度目は、二〇一七年に晶文社から刊行された単行本『迷家奇譚』の推薦帯文だった。そこに私は、次のように記した――。

〈巻頭の遠野紀行で早くも快哉を叫んだ。そこには本書のルーツと著者の意気込みが、時に切々と時に力強く黙示されていたからだ。古代中国の志怪書から『遠野物語』を経て現代へ至る奇譚探究（キュリオシティ・ハンティング）の幽暗な伝統を、骨がらみで我が身に引き受ける覚悟――群雄割拠の怪談実話界にまたひとり、凄い書き手が加わった〉

いきなり古代中国の志怪書を持ち出しているのは、著者の御尊父が志怪書研究の碩学（せきがく）・高橋稔（たかはしみのる）氏（東京学芸大、山形大などで教鞭（きょうべん）を執る。著書に『古代中国の語り物と説話集』ほか）であると知ったからだ。中国の志怪が、日本に輸入されて、浅井了意（あさいりょうい）をはじめとする江戸の怪異作家に多大な影響を及ぼした事実は、怪談の歴史に関心を抱く読者には先刻承知の事柄だろう。

まあ、たんにそれだけなら、さほど珍しくもなかろうが、著者の場合、幼い頃から柳田國男『遠野物語』をはじめとする父親の蔵書にみずからも親しみ、若くして岩手県遠野地方の民俗調査に同行したこともあるというではないか（『迷家奇譚』第一章を参照）。そうした経験が、後年のルポライターや小説家（森村誠一氏の小説教室に参加）としての多彩な活動の遥かな萌芽になったことは疑い得ないだろう。

要するに著者の場合、いわゆる〈怪談実話〉ジャンルを手がけるようになってから文筆業に携わったのではなく、ルポライティングや小説書き修行の延長線上に、現在の怪談仕事があったわけだ。

この違いは実は大きい。工藤美代子にせよ加門七海にせよ岩井志麻子にせよ平山夢明にせよ福澤徹三にせよ……この分野で息長く活躍している有為の人々は、いずれも作家業の一環としてこの分野に関わり、大輪の妖花を開花させてきたのだから。川奈まり子もまた紛れもなく、この系譜に連なる〈怪〉の調べ手・綴り手なのだ。

（念のために補足しておくと、この分野の俗称として広まっている〈実話怪談〉は、ジャンルの呼び名としては相応しくない。〈実話〉部分を〈映画〉とか〈落語〉〈漫画〉などに置き換えてみれば、そのことは歴然だろう。映画怪談、落語怪談、漫画怪談では、含意が変わってしまうのだから。やはりジャンル名としては〈怪談実話〉が妥当なのである）

さて、このたび最新刊として書き下ろされた本書『東京をんな語り』で、著者はまたしても、新たな境地を開拓、追求しようとしているように感じられる。

初期の『迷家奇譚』や『出没地帯』以来、驚くべきハイペースで、ルポルタージュのテクニックを活かした怪談実話作品を発表し、活字媒体とウェブ媒体を席巻。最近では、ネットラジオのMCや、流行中の〈語る〉怪談イベントのプロデュース役も務めるなど、八面六臂（はちめんろっぴ）の活躍ぶりを示している著者だが、今回の著書は、怪談作家としての自己の原点を、あらためて見つめ直そうとするかのような覇気に満ちているのだ。

何より特徴的なのは、本書の主人公が、著者自身とほぼイコールで結ばれる存在であること。

つまり本書は、一種の自伝小説もしくはルポルタージュ作品として読むことができるのだ（まあ、作家という種族は、いかにもそれが唯一無二の真実という顔をして、平気で嘘をつくような虚実さだかならぬ生きものだから、すべてを真に受けるのは危険かも知れないが）。著者のツイッター・アカウントをご覧の向きならば、「ああ、それはあのときの……」と、すぐさま思い当たるような新旧のエピソードが、本書には色々と登場する。

おっと、そうそう、この点で是非、本書と併読していただきたい参考図書として、二〇一五年に双葉社から上梓された、溜池ゴロー&川奈まり子共著の『溜池家の流儀　AV夫婦の仲良し㊙夫婦生活』を挙げておこう（紙の本は遺憾ながら品切だが、電子版で入手可能）。

何だか怪しげなタイトルが付けられているが、内容は非常にマトモ。近来まれにみるオシドリ夫婦といっても過言ではない著者と、夫君であるAV監督（美熟女ブームの立役者となった、才能あふれる人物）溜池ゴロー氏の生き方が、それぞれ率直に綴られていて、思わず引きこまれる。特に『東京をんな語り』の第二章「やみゆく女」とは表裏一体の感もあって、こちらと併せ読むことで、色々と新たに見えてくる部分もあるだろう。

もうひとつ、本書には構成上の新機軸もある。

本書は、主人公が現在住まいする青山霊園近くのマンションに始まり（冒頭に登場するエピソードは、著者が先日ツイッターで報告していた、あの出来事だ！）、さまざまな怪異が生みだす因縁の糸をたどるかのようにして東京の各処を巡回、最後にふたたび自宅付近へと回帰して、著者にとって懐かしい土地である三軒茶屋あたりに想いを馳せる形で幕を閉じる。そしてその間に、生い立ちから現在にいたる著者の波瀾万丈な自分史が、印象的な怪異の数々を絡めて、縷々語られているのである。

そればかりではない。

著者みずから〈青山霊園で不思議な白い彼岸花を見たところから、私の中で記憶の堰(せき)が崩れて、連想の本流に押し流されるままに、東京の幽世(かくりよ)と現世(げんせ)を往還した〉（第三章「いきぬく女」最終節「東京の娘」より）と記しているとおり、著者の東京彷徨(ほうこう)はしばしば現世を離れ、過去の東京もしくは霊なる東京というべき次元へと、あくがれ出(いず)る。そして著者の魂は、江戸～東京の地に生きて死んだ、さまざまな女たちの魂と時を超えて共鳴し、彼女らの代弁者となって、語りだすのである。

とりわけ、世に名高い明治の三大毒婦――〈夜嵐おきぬ〉〈高橋お伝〉〈花井お梅〉さらには講談物などでも著名な〈妲己のお百〉（海坊主の怪談としても知られる）といった、猟奇な殺人劇の悪女(ヒロイン)たちが発した（かもしれない）血の叫びを、それぞれの対象に憑依するかのようにナマナマしく描いたくだりは、もはやルポルタージュというよりも、いっそ小説（著者いわく〈妄想〉）の域へと肉迫している。AV女優を引退し作家をめざす過程で、森村誠一氏の薫陶をうけて、小説のイロハを学んだという経験が、そこには十全に活かされているように思われる。

ちなみに、怪談ホラー方面におけるデビュー作となった『赤い地獄』（廣済堂出版／二〇一四）からして、〈作者の実体験を下敷きにしたフィクション〉と銘打たれていたではないか。しかもそこには、著者の故地のひとつである八王子(はちおうじ)での体験が、色濃く投影されていたではないか……。

虚実ないまぜの怪談技法に、ますます磨きがかかった趣の新作、川奈まり子の新境地を、とくとお愉(たの)しみいただきたいと思う。

二〇二一年の年明けに

本書は書き下ろしです。

東京をんな語り

川奈まり子

角川ホラー文庫　22567

令和3年2月25日　初版発行
令和6年2月20日　再版発行

発行者———山下直久
発　行———株式会社KADOKAWA
〒102-8177　東京都千代田区富士見2-13-3
電話 0570-002-301(ナビダイヤル)
印刷所———株式会社KADOKAWA
製本所———株式会社KADOKAWA
装幀者———田島照久

ISBN978-4-04-110969-4　C0193　◆◇◇
JASRAC 出 2100003-402

角川文庫発刊に際して

角川源義

第二次世界大戦の敗北は、軍事力の敗北であった以上に、私たちの若い文化力の敗退であった。私たちの文化が戦争に対して如何に無力であり、単なるあだ花に過ぎなかったかを、私たちは身を以て体験し痛感した。西洋近代文化の摂取にとって、明治以後八十年の歳月は決して短かすぎたとは言えない。にもかかわらず、近代文化の伝統を確立し、自由な批判と柔軟な良識に富む文化層として自らを形成することに私たちは失敗して来た。そしてこれは、各層への文化の普及滲透を任務とする出版人の責任でもあった。

一九四五年以来、私たちは再び振出しに戻り、第一歩から踏み出すことを余儀なくされた。これは大きな不幸ではあるが、反面、これまでの混沌・未熟・歪曲の中にあった我が国の文化に秩序と確たる基礎を齎らすためには絶好の機会でもある。角川書店は、このような祖国の文化的危機にあたり、微力をも顧みず再建の礎石たるべき抱負と決意とをもって出発したが、ここに創立以来の念願を果すべく角川文庫を発刊する。これまで刊行されたあらゆる全集叢書文庫類の長所と短所とを検討し、古今東西の不朽の典籍を、良心的編集のもとに、廉価に、そして書架にふさわしい美本として、多くのひとびとに提供しようとする。しかし私たちは徒らに百科全書的な知識のジレッタントを作ることを目的とせず、あくまで祖国の文化に秩序と再建への道を示し、この文庫を角川書店の栄ある事業として、今後永久に継続発展せしめ、学芸と教養との殿堂として大成せんことを期したい。多くの読書子の愛情ある忠言と支持とによって、この希望と抱負とを完遂せしめられんことを願う。

一九四九年五月三日